Martina Maria Fichtl

Die Erlebnisse der Boa-constrickdaa
und ihrer Freunde

Auszüge aus der Boagraphie einer hochbegabten Persönlichkeit

Martina Maria Fichtl

Die Erlebnisse der Boa-Constrickdaa

Und ihrer Freunde

Auszüge aus der Boagraphie einer hochbegabten

Persönlichkeit

Bibliografische Information der Deutschen Nationalbibliothek: Die Deutsche Nationalbibliothek verzeichnet diese Publikation in der Deutschen Nationalbibliografie; detaillierte bibliografische Daten sind im Internet über dnb.dnb.de abrufbar.

© 2020 Fichtl, Martina Maria
Herstellung und Verlag: BoD – Books on Demand, Norderstedt
ISBN: 9783752691788

Die Erlebnisse der Boa-constrickdaa und ihrer Freunde

Auszüge aus der Boagraphie einer hochbegabten Persönlichkeit

INHALTSVERZEICHNIS

I. Band

II. Band

*Phantasie ist ein kostbares Juwel
in der Schatzkiste des Lebens*

Martina Maria Fichtl

Band I

Die Erlebnisse der Boa-constrickdaa und ihrer Freunde
Auszüge aus der Boagraphie einer hochbegabten Schlange

Ein ganz normaler (Zauber)-wald

Draußen wurde es kühl, der Herbst ging langsam seinem
Ende zu. Durch die Bäume des abgelegenen Waldes fielen die
letzten, wärmenden Sonnenstrahlen an diesem Tag. Hohe
Tannen und mächtige Eichen streckten, genauso wie Birken,
Erlen und Fichten, ihre breit gefächerten Äste weit in den
Himmel empor, so dass man hätte denken können, sie alle
wollten gleichzeitig nach den Wolken greifen. Wohin man
auch sah, überall bedeckte Laub, das in den schönsten Herbst-
farben schimmerte und sich unter anderem aus weinroten,
haselnussbraunen und goldfarbenen Blättern zusammensetzte,
den Waldboden. Die Sonnenstrahlen, die kräftig genug waren,
um es zu schaffen, sich einen Weg durch das üppige Dickicht
der Bäume auf die am Boden liegenden Blätter zu bahnen,
brachten hier Blatt für Blatt zum leuchten. Ein wahres Blätter-
meer, zusammengesetzt aus tausenden, verschiedenfarbig
funkelnden Einzelteilen, bot sich dem stillen Beobachter dar.
Der Herbst war bislang sehr warm und trocken gewesen, was
die Erde hier im Wald aber kaum beeinflusst hatte. Es war ein
dichter Forst, weitab von der nächsten Ortschaft. Menschen
waren in dieser Gegend eher selten zugegen.

Mit den Tieren jedoch verhielt es sich ganz anders. Dieser majestätische Wald bot nämlich für Bewohner der verschiedensten Arten ein schützendes Zuhause. Scheue Kaninchen, fröhlich zwitschernde Vögel, fleißige Ameisen, von denen es nur so wimmelte, und Schmetterlinge, einer zauberhafter als der andere, wohnten zwischen oder in den imposanten Bäumen und auf der Erde. Von den Mäusen, mit ihren spitzen Näschen und langen Schwänzchen und den emsigen Käferchen ganz zu schweigen. Mitunter gaben sich sogar Rehe, die bekanntlich sehr scheu sind, und Hirsche, mit ihren gewaltigen, stolzen Geweihen, die Ehre. Und, hatte man großes Glück, waren einige der wenigen, faszinierend edlen Wölfe, anzutreffen. Übrigens können solche Tiere zwar normalerweise sehr gefährlich werden, doch hier vor Ort ist so manches anders. Bei eben erwähnten Wölfen zum Beispiel handelt es sich um ein sehr heiteres und lustiges Völkchen, welches den Tag am liebsten damit verbringt, das Leben zu genießen, es sich einfach gut gehen zu lassen und andere nicht zu stören.
Auf jedem Fall, krabbelte, schlich und lief eine Menge Getier durch die Gegend. Die Tiere kamen in der Regel auch gut miteinander aus. Einer der Gründe dafür war sicherlich die ausreichend vorhandene Nahrung. Jeder hier im Wald hatte genügend zu essen, sogar mehr als genügend. Hätte man mal ein Knurren gehört, wäre dies sicherlich kein leerer Magen gewesen. Und die Tatsache, dass jeder der hier ansässigen Bewohner sein eigenes Zuhause und somit eine Unterschlupfmöglichkeit, die den nötigten Schutz vor den Widrigkeiten des Wetters oder sonstigen Bedrohungen bot besaß, kam dem herrschenden Frieden natürlich sehr entgegen.

Doch, trotz all dieser scheinbaren Normalität, ist hier nichts, aber auch schon gar nichts normal.

Eben strich ein leiser Wind durch die Äste der Bäume. Fast streichelte er das Geäst, hauchte die Sträucher und Gräser so sanft hin und her, wie eine Mutter, die ihr Kind liebevoll in den Armen wiegen wollte. Bis schließlich alles wieder überraschend still wurde. Schade nur, dass dieser idyllische Zustand nicht sehr lange andauerte.

Denn plötzlich war ein klägliches "Aua, Aua, Auuuuuuua, so ein Mist aber auch", zu hören. Diese Worte, begleitet von einem leisen, aber dennoch bedrohlich scharfen Zischen, kamen aus einem Loch, welches sich, unter dem Blätterdickicht des Waldbodens versteckt, auftat. Bei der Größe des Loches hätten gut und gerne beide Fäuste eines kräftigen Mannes hindurch gepasst. Wäre ein Blick in die beinahe kreisrunde Öffnung des Erdreichs gewagt worden, so hätte sich ein wahres Labyrinth von Gängen dargeboten, durch das die eben vernommen Geräusche zu hören gewesen waren. Am Ende der Gänge, in einer großen Höhle lag, man kann es kaum glauben, eine Schlange. Doch man musste schon zwei Mal hinsehen, um zu begreifen. Die Schlange hatte es sich tatsächlich, zusammengerollt auf einem hölzernen Schaukelstuhl, bequem gemacht. Der Schaukelstuhl wiederum stand vor einem aus Lehm gebauten, offenen Kamin, in dem rotgelbe Flammen loderten. Das Feuer verbreitete eine angenehme Wärme, die durch den ganzen Innenraum der Höhle strömte und diesen mit wohlig warmer Luft und behaglicher Gemütlichkeit erfüllte. Das Tier war aber nicht nur wegen des Schaukelstuhls, auf dem es lag, einen zweiten Blick wert. Obwohl eine Schlange auf einem Schaukelstuhl, in einer Höhle, unter der Erde, alleine natürlich auch schon genügt hätte. So etwas war sicherlich nicht jeden Tag zu sehen. Doch das alleine war es eben nicht!

Nein, insbesondere das Aussehen dieser prächtigen Schlange war es, das beachtenswert war und besonderer Aufmerksamkeit bedurfte. Trotz des nicht ganz hellen Lichtes konnte man ihre ansehnliche Größe gut erkennen. Der zusammengerollte Körper des Tieres füllte die Sitzfläche des Schaukelstuhls gänzlich aus. Darüber würde sich sicherlich niemand mehr wundern, wenn ihm die Länge der Schlange bekannt gewesen wäre. Das Tier maß nämlich gut und gerne stolze 4,90 Meter. Ihre Schlangenhaut glänzte und schimmerte elegant in den verschiedensten Nuancen von Grüntönen. Dunkelgrüne Rauten, umgeben von einem hellgrünen Rand, zierten den überwiegend lindgrünen Körper der Schlange vom Kopf bis zur Schwanzspitze. Ihre fröhlichen Äuglein funkelten durch eine kleine, runde, aus Draht konstruierte, Brille. Diese Sehhilfe war mit grüngelber Wolle umstrickt, welche wiederum die smaragdgrüne Augenfarbe und das Funkeln der Schlangenaugen unterstrich. Auf dem Kopf trug das Tier ein keckes, aus graugelbmelierter Wolle gestricktes, Hütchen. Die Farbe dieser Wolle passte wiederum haargenau zur Körper- und Augenfarbe des Tieres. Alles war perfekt aufeinander abgestimmt, sodass sich daraus ein sehr harmonisches Äußeres ergab. Ein grüngelber, großer Schal, den es sich um den Körper gewickelt hatte, rundete das Bild dieser ungewöhnlichen Persönlichkeit stimmig ab. Die verschiedenen "Kleidungsstücke" der Schlange waren offensichtlich eigens für sie hergestellt, genauer gesagt, gestrickt worden.

"Manchmal möchte ich mich vor Wut am liebsten in die Schwanzspitze beißen", meinte die Schlange zu sich selbst und rückte dabei unwirsch ihr Hütchen zurecht. "Nun bin ich doch wirklich schon alt genug, um zu wissen, dass man bei allem was man unternimmt gut aufpassen sollte. Obwohl ich geschickt und geübt bin, passieren mir immer wieder solch kleine, ärgerliche Malheure. Ich gebe manchmal einfach viel zu wenig Acht und schon ist das Missgeschick geschehen", schimpfte sie mit sich. "So oft müsste das nun wirklich nicht sein", ging es mit ihrer Selbstanklage weiter. Nach einer kurzen Bedenkpause, einhergehend mit einem Stirnrunzeln, kam sie dann aber doch zu der Erkenntnis: "Na ja, so oft geschieht es ja gar nicht", und schon war sie wieder etwas milder mit sich gestimmt. "Hin und wieder steche ich mir eben beim Zusammennähen meiner Arbeiten die Nadel in den Schwanz, hm, oder auch in andere Körperteile. Ärgerlich, sehr ärgerlich ist das. Graue Haare könnte man vor Ärger davon kriegen. Aber kann man als Schlange überhaupt graue Haare bekommen? Nein, das ist nicht möglich. Also mache ich jetzt lieber mal eine kleine Pause. Schaden wird mir das sicherlich nicht", überdachte sie ihre Situation aufs Neue und legte, immer noch ihren Gedanken etwas nachhängend, ihre Arbeit zur Seite. Noch ein klein bisschen verzweifelnd blickte sie auf die schmerzende Schwanzstelle, pustete tüchtig darauf und schon waren Ärger und Schmerz beinahe ganz vergessen. "Was soll ich mich da groß ärgern. Der Gedanke mich selbst vor Wut in den Schwanzspitze zu beißen, ist auch recht dumm und wenig hilfreich. Da hätte ich doch gleich den doppelten Schmerz. Der Stich war nun wirklich kein Beinbruch. Wie hätte das auch gehen sollen. Bei mir wäre höchstens ein Schwanzbruch möglich. Außerdem, nur jemand der die Dinge angeht und etwas unternimmt kann „Fehler" machen, um aus diesen zu lernen. Also kurz und gut: Jeder muss seine Erfahrungen machen. So funktioniert das Leben eben. Auch das von Reptilien. Und das ist gut so!" Eigentlich war es vor allem der gekränkte Stolz, der ihr ziemlich zusetzte, denn der Schmerz des kleinen Stichs war leicht auszuhalten. Nachdem die Schlange etwas mit sich gehadert hatte, war sie nun wieder ganz froh und zufrieden. Es war ihr nämlich wieder einmal klar geworden, dass es nicht schadet, wenn man eigene Ansichten und Verhaltensweisen gelegentlich überdenkt. Schließlich aber sollte man zu einem Ergebnis kommen, um das Problem abschließen zu können. Natürlich nur, soweit es möglich ist, das Problem abzuschließen. In diesem Fall war es möglich. Prima! Nun konnte sie sich, nach den vielen Überlegungen und den damit verbundenen Anstrengungen, wieder völlig entspannen. Jetzt musste sie ordentlich und herzhaft über sich selber lachen.

Noch lachend machte sie es sich in ihrem Schaukelstuhl aufs neue richtig bequem, schaukelte hin und her, und versank immer tiefer in ihre Gedanken.

Ein Blick in Boa-constrickdaas Zuhause

Boa-constrickdaas Zuhause ist ein wirklich schönes und heimeliges Zuhause. Wie schon eingangs geschildert, handelt es sich um eine, für eine Schlange relativ geräumige, Höhle. Ein kreisrunder Bereich, es ist der größte Raum der Höhle, befindet sich in deren Mitte und stellt den Wohnbereich dar. Dieser ist mit einem dicken, aus orangefarbener Wolle selbst gestrickten Teppich, ausgelegt. Hier steht auch der bereits erwähnte Kamin aus Lehm. Ihm gegenüber befindet sich Boa-constrickdaas innig geliebter Schaukelstuhl, auf dem sie gerade liegt. Natürlich gibt es noch anderes Mobiliar, wie z. B. diverse Borde, in denen sich unter anderem Wollreste der verschiedensten Arten und Farben stapeln. Dort wo keine Wolle liegt, zieren meist Bücher diese Regale. Ein Tisch und ein paar Sitzgelegenheiten für Freunde laden zum Bleiben ein. Rings um diesen Bereich herum befinden sich etwas kleinere Nischen, die strahlenförmig, der Sonne gleich angeordnet und für andere Arten der Nutzung vorgesehen sind. Da wäre zum einen das Schlafzimmer. Natürlich hatte es sich Boa-constrickdaa nicht nehmen lassen, ein besonders hübsches Bett als Blickfang in die Mitte des Raumes zu stellen. Gemütlichkeit, Funktionalität und Ästhetik sollten schon gegeben sein, dachte sie sich. Wohlweislich hatte sie sich aber auch überlegt, dass ein Bett, wenn es nicht nur schön, sondern vor allem auch bequem sein sollte, gewisse Anforderungen erfüllen musste. Deshalb hatte sie sich für eine runde Bettform entschieden. Eine Bettform also, die sich den Umrissen ihres zusammengerollten Körpers perfekt anpasst. Hier konnte sie sich richtig entspannt in die Kissen kuscheln und sich den Rundungen des Bettes entsprechend, an die gepolsterten Bettkanten schmiegen. Die benötigten Bettbezüge waren von Boa-constrickdaa natürlich in Eigenanfertigung, während einer eingelegten Nachtschicht, hergestellt worden. Für die Nachtschicht hatte sie sich entschieden, weil sie es kaum erwarten konnte, in ihrem neuen, bequemen Bett mit den mollig weichen und warmen Bezügen zu schlafen. Neben ihrem Bett steht ein kleiner Nachttisch, der aus sorgsam gebogenen, filigranen Stöckchen geflochten und mit einer Fliese als oberen Abschluss versehen ist. Die Fliese wurde gewählt, weil sie nicht nur hübsch, sondern auch als Abstellmöglichkeit sehr gut geeignet ist. Die passende Dekoration, in diesem Falle eine Blumenvase, war auch schnell gefunden. Ursprünglich war die Vase mal ein Marmeladenglas gewesen, das Boa-constrickdaa von einem Freund geschenkt bekommen hatte. Da das Glas eine besonders ansprechende Form besaß, dachte sich die Besitzerin, dass dieser Behälter eine schöne Vase abgeben müsste. Gedacht, getan, hatte sie das Gefäß mit Wolle umstrickt und nachdem es mit einem weiteren Geschenk, nämlich gehäkelten Blumen, versehen worden war, ergab sich daraus eine wahre Augenweide, welche jedem Betrachter ein Lächeln ins Gesicht zauberte.

In der zweiten, etwas kleineren Nische, die an den Wohnbereich anschließt, befinden sich Geräte, die ausnahmsweise nicht gestrickt oder mit Wolle umhüllt sind. In diesem Bereich befinden sich, man höre und staune, ein Telefon, ein Fax-Gerät und ein kleiner Mini-Computer. Außerdem steht hier natürlich auch Boa-constrickdaas zweiter großer Schatz. Wie erwähnt ist ihr größter Schatz sicherlich der Schaukelstuhl, aber gleich danach kommt ihre Strickmaschine. Das Interesse an technischen Dingen und Gerätschaften hatte Boa-constrickdaa wahrscheinlich ein wenig von ihrem Urururgroßvater

16

Boa-constructeura, von dem später noch ausgiebig berichtet wird, geerbt. Ausschlaggebender sind aber eher Boa-constrickdaas selbst gemachte Erfahrungen, die sie zu der Erkenntnis kommen ließen, dass man althergebrachte und bewährte Dinge zwar in Ehren halten und pflegen müsse, sich aber sinnvollen neuen Entwicklungen nicht verschließen dürfe.

Außerdem hatte Boa-constrickdaa während ihres Aufenthalts bei einem jungen Mann, der vor langer Zeit kurzfristig ihr "Vermieter" gewesen war, erfahren, wie wichtig es doch ist, in gewissen Gebieten immer auf dem Laufenden zu sein und zu bleiben. Eben erwähnter Herr war von Beruf Börsenmakler und musste auf fatale Weise lernen, was passiert, wenn man sich nicht an diesen Grundsatz hält. Unachtsamkeit, mangelnder Fleiß und blauäugiges Wunschdenken hatten nämlich zur Folge gehabt, dass besagter Mann einen Großteil seines Vermögens verloren hatte. Für Boa-constrickdaa aber war der Aufenthalt bei diesem "Hans guck-in-die Luft" sehr, sehr lehrreich. Sie nämlich hatte sich in dieser Zeit durchaus einen Überblick über das Börsengeschehen erarbeiten können. Und nun machte ihr in Sachen Börsenangelegenheiten so schnell keiner mehr ein x für ein u vor. Diese Nische also, ist der einzige Ort, der von Boa-constrickdaas Strickleidenschaft verschont geblieben ist. Ansonsten nämlich konnte diese Schlange ihre Vorliebe für das Stricken fast nicht bändigen, was wiederum dazu führte, dass beinahe nichts und niemand vor ihr sicher waren.

Ihre Begeisterung machte nicht mal vor den Wänden halt. Hier gab es neben den selbst gestrickten Gardinen unter anderem auch selbst gestrickte Bilder.

Mit großem Eifer hatte sie Bilder von ihren Freunden gestrickt und diese an der Wand befestigt. Neben dem Bildnis ihrer besten und langjährigen Freundin Boa-conhäkelda, befand sich ein Geschenk derselbigen.

Auf diesem Geschenk, das über dem Kamin hing, blieb nun Boa-constrickdaas Blick, nachdem er im Raum umhergewandert war, hängen. Es war ein gehäkeltes Bild auf dem zu lesen war:

„Für meine allerbeste Freundin Boa-constrickdaa.
Zum Einzug in das neue Heim wünsche ich dir, liebste Freundin
alles Gute und viel Glück im neuen Zuhause.
Deine Freundin Boa-conhäkelda"

Boa-constrickdaa freute sich jedes Mal, wenn sie sich dieses Präsent anschaute.
Oft sitzen die beiden Freundinnen hier, stecken ihre Köpfe zusammen, plauschen und lachen miteinander, necken sich gegenseitig, und genießen dabei das Leben einfach in vollen Zügen. Mitunter gönnen sie sich ein Gläschen Sherry und lassen sich dazu einen kleinen Imbiss schmecken. Viel schöne Zeit konnten die beiden Schlangendamen so schon miteinander erleben.

Manchmal aber haben sie einen besonderen Grund, um hier zusammen zu sitzen. Dann nämlich, wenn sich die beiden mitunter sehr spannende Strick- beziehungsweise Häkelwettbewerbe liefern. Bei diesen Wettbewerben ist es zwar schon immer so, dass die Konkurrenz zwischen ihnen eine große Rolle spielt, d.h. es ist in Ordnung, wenn eine schneller oder besser sein möchte als die andere oder wenn eine schönere Ergebnisse erzielen möchte als die andere, aber das Wichtigste ist immer, dass alles fair und ehrlich zugeht. Es sind schließlich Wettbewerbe zwischen Freundinnen. Und ihre Freundschaft war ihnen immer sehr viel wichtiger als alles andere! Auch davon erzähle ich später gerne noch mehr.

Auf einem weiteren Bild ist eine Spinne, die Andreas Lukas Webber heißt, zu sehen. Sie zählt zwar nicht unbedingt zu den körperlich größten ihrer Gattung, was aber gar nichts zu bedeuten hat. Wie so oft, kommt es nicht alleine auf die körperliche Größe an. Besonders auffallend an dieser Spinne ist ihre leuchtend gelbe Farbe. Diese sticht einem zwar richtig in die Augen, verleiht ihr aber in Kombination mit sieben kleinen, braunen Pünktchen, die auf ihrem Rücken zu sehen sind, ein unerwartet lustiges Aussehen. Sieht man sich dann aber das Gesichtchen an, lassen die total wach und neugierig dreinblickenden Äuglein sofort erkennen, um welch kreatives und wehrhaftes Geschöpf es sich bei dieser Spinne handelt. Ein jeder also sollte es sich gut überlegen, ob er sich mit solch einem scheinbar harmlosen Wesen anlegt. Denn sehr oft trügt der Schein. Unabhängig davon kann A. L. Webber Stoffe spinnen, die man sonst nirgendwo zu sehen bekommt. Er ist ein wahrer Künstler auf dem Gebiet der Stoffherstellung. Seine Gewebe sind so zart und filigran, dass sie vielmehr an Nebelschwaden oder Wolkenteile erinnern. Dabei können sie es hinsichtlich ihrer Reißfestigkeit mit den besten bekannten Stoffarten aufnehmen. Wäre dieser Umstand über die Grenzen des Waldes hinweg bekannt gewesen, hätte das sicherlich zu großen Schwierigkeiten geführt. Denn an anderen Orten ist so etwas wie „Gier" und „Gewinn machen" bekannterweise weit verbreitet. Was also hätte man dort mit einem beinahe reißfesten Stoff machen sollen?

Bei den letzten beiden Bildern, von denen ich noch erzählen möchte, handelt es sich zum einen um das Bild eines Freundes. Dieser Freund heißt Korbinian und ist ein Geist. Letzteres braucht einen bei der Zusammensetzung der bereits aufgezählten kleinen und illustren Runde, auch nicht mehr zu wundern. Und nur weil die meisten Menschen und Tiere noch keines gesehen haben, heißt das noch lange nicht, dass es keine Gespenster geben würde. Natürlich geht es hier um die guten Geister!! Die Arglist der bösen Geister hat nämlich schon vor langer Zeit dazu geführt, dass sie sich gegenseitig solange bekämpft haben, bis schließlich keiner von ihnen mehr übrig geblieben ist. Nur noch die Geschichten über sie gibt es. Alles nur Geschichten. Und nun zum vorerst letzten Bild an der Wand. Es zeigt Boa-constrickdaas Urururgroßvater, Boa-constructeura.

"Wumm, krach, bummmmm", ganz unvermutet war höllischer Lärm in der Höhle zu hören. Boa-constrickdaa erschrak sich bis in die Schwanzspitze. Sie schnellte aus ihrem Schaukelstuhl empor, riss ihren Kopf ruckartig in Richtung Eingangsloch ihrer Höhle herum und schoss in nahezu akrobatischer Weise auf die "Eingangstüre" zu.

Letztere lag, nun eingedrückt und aus den Angeln gehoben, mitten auf dem Fußboden. Dort wo sich seit langen Jahren die Eingangstüre befunden hatte tat sich nur noch ein Loch auf. Und in diesem steckte, mit quer verschränkten und übereinander geschlagenen Mini-Skiern ein kleines jammerndes Fellknäuel.

"Nicht duuu schon wieder", rief die Hausherrin laut aus.

Sie zischte dabei ärgerlich. "Du kleines Ungetüm. Ständig stellst du etwas an. Noch heute werde ich mal mit deinen Eltern sprechen. Letzte Woche war es mein Rhododendron Strauch vor dem Eingang meiner Höhle, und heute knöpfst du dir gleich die ganze Eingangstüre vor. Nächste Woche nimmst du dir dann vielleicht mein Wohnzimmer oder am besten gleich die ganze Höhle zur Brust. Doch du kannst sicher sein, ich weiß das zu verhindern." Durch die funkelnden Augen Boa-constrickdaas wurde ihr drohender Blick auf den kleinen "Einbrecher" so messerscharf, dass sie damit selbst einen echten Einbrecher hätte verscheuchen können. "Und solltest du kleine wandelnde Katastrophe vielleicht meinen, dies alles wäre immer noch nicht genug und du könntest zu guter Letzt, mit deiner gesamten Kraft dafür sorgen, meinen Schaukelstuhl das "Zeitliche segnen" zu lassen, so warne ich dich jetzt zum aller, aller letzten Mal davor, hier weiter dein Unwesen zu treiben. Du bist wirklich ein ausgemachter Unglücksrabe auf vier Beinen. Was soll man nur mit dir machen?".

Boa-constrickdaa war sichtlich "ungehalten" geworden. Ein Zustand der in dieser Intensität selten vorkommt.

Während ihrer Schimpftirade schaute sie, immer noch streng, auf das kleine Fellknäuel. Von dem war nur ein jämmerliches "Miauauau, Mauauauau, Miauauau", welches von kleinen Tränchen, die aus seinen bernsteinfarbenen Äuglein über sein ganzes Gesichtchen kullerten, begleitet wurde, zu hören. Bei dem kleinen Pechvogel handelte es sich natürlich, wie so oft schon, um den Kater "Maulipauli". Seinen Namen hatte er bekommen, weil er ständig irgendetwas haben wollte und dann, um seinen Willen durchzusetzen, so lange herum jammerte, also herum maulte, bis er schließlich erreicht hatte was er hatte durchsetzen wollen. Man konnte Maulipauli deshalb trotzdem nicht unbedingt besonders gierig nennen. Er war eben noch sehr jung, voller Energie und immer auf der Suche nach einem neuen Abenteuer oder einer interessanten Sache. Manchmal ging es dabei um etwas besonders Gutes zu essen, von jemanden gestreichelt zu werden oder auch jemanden zum spielen zu finden. Maulipauli war ein kleiner Kater mit rotem Fell, welches durch schmale und unregelmäßige weiße Streifen aber nicht gänzlich rot war. Nachdem Boa-constrickdaa sich etwas beruhigte hatte, wandte sie sich Maulipauli zu. Sie kuschelte sich leicht an ihn und wischte ihm die Tränchen, die eben noch "in Bächen" aus seinen bernstein-farbenen Äuglein geflossen waren, aus dem Gesichtchen. Das tat Maulipauli sichtlich gut und langsam wurden die Tränchen weniger, bis sie schließlich gänzlich versiegten.

Boa-constrickdaa hatte sich jetzt auch schon wieder gänzlich erholt, denn schließlich kannte sie Maulipauli doch schon seit seiner Geburt. Und von seinem neuesten Hobby dem "Wald-skifahren" hatte sie auch schon gehört. Maulipauli hatte sich vorher schon als Grasskifahrerkatze versucht, was ihm aber nicht lange besonderen Spaß gemacht hatte. Es war ihm zu langweilig geworden, nur immer über Wiesen und Felder zu fahren. Im Wald gab es mehr Hindernisse, die man mitunter als Sprungschanzen nehmen konnte, also viel mehr Spannendes. Damit waren logischerweise aber eben auch mehr Risiken und Gefahren verbunden. Nachdem er das Waldskifahren mit seinen Eltern abgesprochen, und versprochen hatte, sich bei diesen Abenteuern einen Helm aufzusetzen, durfte er also Waldskifahrten unternehmen. Das war eine große Freude für Maulipauli! Wie sich heute erwies, war dieser Kopfschutz schon eine sehr gute Idee der Eltern gewesen. Sie kennen ihren „Maulipauli" eben! "Was wollen wir jetzt mit dem ganzen Schlamassel machen, Maulipauli?" fragte Boa-constrickdaa den kleinen Katastrophen-Kater. "Ich verspreche dir mit Pfote aufs Herz, dass ich ganz, ganz fleißig sein werde und den gesamten Schaden wieder gut mache", gab Maulipauli zur Antwort. "Pfote aufs Herz", so drückte Maulipauli sich aus, wenn ihm etwas sehr, sehr wichtig war. Also eine ernsthafte Bestätigung des Gesagten. "Wenn ich`s alleine nicht schaffe, finde ich bestimmt jemanden der mir hilft. Aber bitte, bitte, lass mich weiter dein Freund sein", fuhr Maulipauli mit ängstlich bebender Stimme und sorgenvollem Blick fort.

Maulipauli wusste zwar, dass die Freundschaft zwischen ihm und Boa-constrickdaa nicht so leicht zu erschüttern war, aber da ihm in letzter Zeit schon etliche Dinge "passiert" waren, die sogar die Geduld eines guten Freundes, hier einer guten Freundin auf eine harte Probe stellen konnten, war ihm doch etwas mulmig zumute.

"Mann, oh Mann, Maulipauli, du weißt wie man das Herz einer Schlangendame zum schmelzen bringt. Du kleiner Halunke du. So geknickt musst du jetzt auch wieder nicht sein. Außerdem, unsere Freundschaft ist etwas ganz besonderes!

Wie kommst du also nur auf eine so dumme Idee"? Als Boa-constrickdaa nun den Maulipauli mit der Schwanzspitze in seinen kleinen Bauch kitzelte, mussten beide ziemlich lachen.

Boa-constrickdaa schob die am Boden liegende Tür etwas zur Seite, holte eine große, dicke Decke aus dem Regal und befestigte diese vor dem Loch im Türrahmen.

"Für's erste wird's so gehen Maulipauli, und morgen musst du dann eben noch mal bei mir vorbeischauen, damit wir den ganzen Schaden wieder beheben können. Ich helfe dir schon dabei, keine Sorge. Ein kleiner Wirbelwind bist und bleibst du, das ist schon mal sicher. Weißt du was Maulipauli, ich glaube wir beide haben uns jetzt eine schöne Tasse warme Milch verdient. Was denkst du?", fragte Boa-constrickdaa, „ihren" Unglückskater. Der war sichtlich angetan von dieser Idee, nickte begeistert und freute sich so sehr, dass er sogar ein kleines Stückchen in die Luft hüpfte. Jetzt war wieder alles gut für den kleinen Kerl.

Als die Gläser mit warmer Milch auf dem Tisch standen, setzte sich Boa-constrickdaa in ihren Schaukelstuhl, der neben dem Tisch stand und lächelte Maulipauli an. Der fragte ganz vorsichtig und etwas zaghaft: "Du, darf ich mich zum Milch trinken zu dir auf deinen Schwanz setzen? Du bist immer so schön warm." Boa-constrickdaa fühlte sich sehr geehrt, lachte Maulipauli nun herzhaft an und meinte nur: "Natürlich darfst du dich zu mir her setzten. Aber Maulipauli denk immer daran, so was darfst du nur bei Schlangen machen, die du sehr gut kennst".

Man kann die real bestehende Gefahr hier kurz erwähnen. Viele Schlangen haben Kätzchen sehr gerne, gewissermaßen, zum Fressen gerne. Das sollte Maulipauli immer bewusst sein. Nachdem die Milch getrunken war, meinte Maulipauli

"Du, Duuu, wir sind doch jetzt wirklich und immer noch gute und richtig beste Freunde, oder?" "Aber freilich Maulipauli, das hatten wir doch eben besprochen und geklärt", meinte Boa-constrickdaa mit einem Blinzeln und hob den Maulipauli mit ihrer Schwanzspitze noch etwas näher zu sich heran.

Doch plötzlich, gerade als der kleine Kater ganz nahe am Gesicht der Schlange war, hörte man ein lautes und schreckliches Geschrei und Geschimpfe aus einem Loch in der Wand kommen. Erst war nur ein Kopf und dann, nur einem Augenblick später, die ganze Maus zu sehen. Diese Maus war ein winziger, pfiffiger Kerl mit graubraun samtig glänzenden Fell, auffallend großen, schwarzen Knopfaugen und einem Schwänzlein, das deutlich erkennbar den größten Teil des Tieres ausmachte. Offensichtlich hatte der kleine Nager beobachtet, dass Maulipauli sich bedrohlich nahe am Mund einer Schlange befand und schoss, augenscheinlich ohne nachzudenken, wie ein Blitz, auf diese zu.

"Lass` ihn sofort los, du Ungetüm, du böses, böses Tier. Maulipauli ist mein aller, aller bester Freund und du wirst ihn nicht essen. Du nicht, nicht Du!! Piepste die Maus und sprang gleich weiter auf Boa-constrickdaas Kopf. "Ich bin zwar klein, aber ich kenne sehr viele Tricks und Kniffe. Wenn du Maulipauli nicht sofort loslässt und ihn auf die Erde setzt, werde ich dir gleich ein paar davon zeigen. Einer ist dabei, der lässt dich sofort gelähmt umfallen und "schwupp die wupp" bist du auch schon tot. Mausetot!! Maulipauli und ich hüpfen dann um dich herum und lachen bis wir umfallen über dich und dein bösartiges Wesen. Du wirst schon sehen!! Mausetot", wiederholte die Maus. Das Wort "Mausetot", wurde deshalb so betont und wiederholt, weil Hyronimus sich dachte, wenn da schon eine Maus jemanden tot macht, dann passt das für die gegenwärtige Situation wohl bestens.

Jetzt war es höchste Zeit für Maulipauli. Er musste schnellstens eingreifen, bevor es seinem tobenden Freund Hyronimus noch einfiel, die Schlange wirklich zu attackieren und ihr etwas anzutun. Richtigen Schmerz hätte Hyronimus der Boa-constrickdaa gar nicht zufügen können. Oder, vielleicht doch?? So wütend und aufgebracht wie Hyronimus gerade war. Leicht hätte er sich sicherlich nicht getan, aber mutig und so in Rage wie diese Maus gerade war!! Wer weiß??? Dazu kommt, dass Hyronimus, als er noch kleiner als jetzt war, was eigentlich noch gar nicht so lange her ist, er mit seinen Eltern in einer großen Stadt wohnte. Dort hatte er die Möglichkeit gehabt, Männer und Frauen dabei zu beobachten, wie sie in einem Gebäude auf dem "JuJutsu-Zentrum" stand, regelmäßig verschiedene Kampfvarianten miteinander durchführten. Dadurch war vieles anders für ihn geworden. Nachdem Hyronimus sich auch noch Zeit für das eigene Üben dieser Bewegungsabläufe genommen hatte, was doch von gewissen Erfolgen gekrönt wurde, fühlte er sich stärker und mutiger den je.

"Halt, Haaaaaaaaaaalllllllllllllllllllt, Hyronimus, hör jetzt auf und beruhige dich doch bitte. Ich bekomme schon Angst. Wenn du so weiter machst, erliegst du sicher noch einem Herzanfall oder Ähnlichem. Du musst überhaupt keine Angst um mich haben, Boa-constrickdaa ist doch meine Freundin. Sogar meine Eltern kennen sie gut. Und überhaupt ist sie eine ganz, ganz liebe Schlange". Nun nachdem alles, was er momentan zu sagen hatte, aus ihm herausgesprudelt war, beruhigten sich die Gemüter wieder. Hyronimus überlegte schon sehr, was das denn für eine Freundschaft sein konnte und wie diese überhaupt funktionierte? Eine Katze und eine Schlange, befreundet?? Merkwürdig, äußerst merkwürdig, war das. Doch blitzartig fiel ihm ein, dass es wohl auch eher ungewöhnlich ist, wenn eine Maus eine Katze als besten Freund hat.

Boa-constrickdaa war es, die die Initiative ergriff. "Nun kommt schon ihr beiden. Ich schlage vor, wir setzen uns jetzt alle an den Tisch und trinken eben noch einmal ein jeder ein Glas Milch." An Hyronimus gewandt fragte sie: "Du magst doch Milch, oder?" Hyronimus strahlte und meinte freundlich, mit dem Einsatz seines ganzen, erheblich vorhandenen, Mäuse Charmes: "Selbstverständlich, meine Gnädigste, Milch trinke ich besonders gerne. Die gibt mir die Kraft, die ich für meinen Sport brauche! Und außerdem schmeckt sie vorzüüüglich. Ein wahrer Genuss, hmm!", fügte er noch dankbar hinzu. Boa-constrickdaa dachte so bei sich, Gott sei Dank, hat der kleine Mäusekerl offensichtlich bisher nicht allzu viel Milch getrunken. Sonst wäre sein heutiger Angriff vielleicht doch noch schmerzhaft ausgegangen?

"Richtig schön ist es heute wieder bei dir" tuschelte Maulipauli Boa-constrickdaa ins Ohr. "Ich möchte bestimmt nicht undankbar oder gar gierig erscheinen und ein Nimmersatt bin ich auch keiner", plapperte er nun vorsichtig und mit einem verstohlenem Blick, weiter. "Vielleicht kannst du dich noch an eines unserer letzten Treffen erinnern. Damals habe ich aus Versehen die Häppchenplatte vom Tisch geschubst. Weißt du welches Treffen ich meine?" Boa-constrickdaa lächelte nur vielsagend. Maulipauli bettelte gleich weiter; "Bitte, bitte, erzähl mir doch noch einmal, wie das war, als dein Urururgroßvater seine Heimat verlassen hat. Wenn du das machst, kann Hyronimus auch gleich etwas über dich und deine Herkunft lernen. Stell' dir das bitte mal vor. So ist Hyronimus nicht nur eine Maus mit Kampfsportkenntnissen, nein er ist dann auch noch eine geographisch und geschichtlich gebildete Maus", beendete Maulipauli seinen "Vortrag". Einfallsreich war und ist Maulipauli schon immer gewesen, weshalb es stets ein Leichtes für ihn ist, seine Wünsche mit logischen Erläuterungen zu untermauern. Natürlich konnte sich niemand dieser Argumentation verschließen. Alle hatten begriffen und lachten aus vollem Halse. Boa-constrickdaa dachte so bei sich, „dass dieser kleine Maulipauli nicht nur ein ganz lieber Kerl, sondern auch ein großer Stratege war. Was aus dem wohl noch alles werden wird? Vielleicht sogar...., ja was könnte da noch alles kommen?" Nun war es an der Zeit Maulipauli zu fragen, wann er denn zu Hause sein musste. Maulipauli erklärte bereitwillig, er müsse erst bei Einbruch der Dunkelheit wieder heim. Sollte er diese Vorschrift, natürlich nur wegen eines ganz wichtigen Grundes, nicht einhalten können, müsste er zu Haus anrufen und Bescheid geben. Maulipauli dachte kurz bei sich, „was hätte es eigentlich Wichtigeres geben können, als einen Besuch bei Boa-constrickdaa!"

An Hyronimus gewandt, erhielt sie, ohne erst fragen zu müssen, schon gleich die Antwort. "Ich bin mir nicht sicher, ob sich diese Auskunft eventuell schädlich für mich oder für uns, auswirken könnte. Aber da meine Eltern die Ansicht vertreten, man müsse immer die Wahrheit sagen, kann ich doch gleich erzählen wo ich wohne. Ich, ich, äh ich wohne mit meiner Familie gleich neben deiner Speisekammer", stotterte die Maus vorsichtig und fügte beinahe unhörbar hinzu: "Manchmal machen wir auch Ausflüge in die Speisekammer hinein. Aber nur ganz selten". Boa-constrickdaa war in keinster Weise überrascht, im Gegenteil, jetzt wurde ihr etliches klar.

Boa-constrickdaa freute sich immer wieder, wenn Besucher Interesse an ihren Geschichten zeigten und deshalb stimmte sie der Bitte, von ihrem Urururgroßvater zu erzählen, auch gleich zu.

Wie alles begann: „Boa-constrickdaas" Urururgroßvater, „Boa-constructeura"

Na gut, dann lasst mich gut überlegen, wie und wo ich am besten mit der Geschichte über meinen Urururgroßvater anfangen sollte?" An dieser Stelle senkte sie ihre Stimme ein wenig, um gleich daraufhin gedanklich in die Welt ihres Vorfahren einzutauchen. Mit würdevollem Ton fuhr sie fort. "Nun, schaut euch diesen Herrn dort einmal genauer an". Während Boa-constrickdaa sprach, wanderte ihr Blick auf dem Bildnis ihres Urururgroßvaters "Boa-constructeura" hin und her. Die Musterung des Bildes, während welcher sie die kleinste Kleinigkeit wahrgenommen hatte, war kaum abgeschlossen, als sie urplötzlich herzlich anfing zu lachen. Eine Weile dauerte es schon, bis sie sich endlich wieder soweit beruhigt hatte, um mit ihrer, vom anwesenden Publikum ungeduldig erwarteten Erzählung, richtig beginnen zu können.

"Dieser alte Herr musste schon immer eine interessante Persönlichkeit gewesen sein, wie man aus den vielen Geschichten, die über ihn bekannt sind, schließen kann. Selbst wenn nur ein Teil der Erzählungen der Wahrheit entsprechen sollte, konnte es nur so gewesen sein.

Wie es sich aus der Natur der Sache ergibt, war der alte Herr natürlich auch mal ein junger Herr, das heißt eine junge Schlange, gewesen. Und was für ein stattlicher, junger Schlangenherr er einst war. Mit einer Körperlänge von 7,10 m, das stelle man sich einmal vor, gehörte er damals schon zu den längeren Exemplaren unter den Schlagen. Genauso wie ich, war er hauptsächlich grün, eigentlich grün schimmernd. Im

Gegensatz zu mir aber, zierten seinen Körper hell- und dunkelbraune Dreiecke. Niemand konnte sagen, wie er dazu gekommen war. Auf jeden Fall waren sie da gewesen. Durch diese Musterung wirkte Urururopi immer schon sehr imposant, vielleicht sogar etwas gefährlich. Andere Schlangen waren äußerst vorsichtig im Umgang mit ihm, da sie annahmen, dass mit einem Artgenossen seines Aussehens wohl sehr vorsichtig umgegangen werden musste, weil es sonst unter Umständen zur Gefährdung der eigenen Gesundheit hätte kommen können. In gewisser Hinsicht waren ihre Überlegungen gar nicht so dumm, denn egal ob Schlange oder andere Tiere, es musste und muss immer noch aufgepasst werden, mit wem man sich einlässt. Nur im Fall von Boa-constructeura hätte man solche Befürchtungen überhaupt nicht zu haben brauchen. Er war zwar eine sehr große und gefährlich aussehende Schlange, aber er hatte eher das Gemüt eines Lämmchens. Auf jeden Fall, so lange man ihn in Ruhe ließ. Er war höflich, freundlich und umgänglich. Soweit sich eben die Möglichkeiten dazu ergaben und er nicht den Eindruck hatte, dass andere Verhaltensweisen doch sinnvoller und angemessener wären.
Er lebte weit, weit weg, am Amazonas. Der Amazonas ist ein extrem breiter und riesig langer Fluss im Urwald. Dort im Dschungel war es mitunter sehr heiß und äußerst schwül. Manchmal kletterten die Temperaturen und der Grad der Feuchtigkeit in Höhen, die für Menschen kaum noch erträglich waren. Aber etliche Tiere gab es dort, die bei diesen Witterungsverhältnissen erst so richtig aufblühten. Zu diesen Tieren gehörte mein Urururgroßvater.
An einem dieser extrem schwülen Tage kroch er also, gut gelaunt und fröhlich, wie fast immer, durch den Busch. Die Äste knisterten und die Blätter raschelten nur ganz leise, als er sich beinahe unhörbar und elegant auf der Erde dahinschlän-

gelte. Plötzlich hielt er abrupt inne. Was war wohl geschehen? Ja, was war das nur? Die eben wahrgenommenen Geräusche kamen ihm sehr fremd und suspekt vor. Vorsichtig, und ständig konzentriert lauernd, tastete er sich Zentimeter um Zentimeter immer näher und näher an diese, ihm fremden, Laute heran. Stück für Stück kroch er vorsichtig durch das Unterholz, bis er schließlich eine kleine Lichtung erreicht hatte. "Puh, endlich ", dachte er sich, als er in diesem Moment erkannte, welch exzellente Übersicht über das ganze Terrain er sich gerade verschafft hatte. Er konnte sofort damit beginnen seinen nächsten Schritt zu planen. Nun tat sich aber gleich die nächste Frage auf. Die da lautete, "was waren das nur für merkwürdige Gestalten, die dort durch die Gegend gingen und hüpften??" Was er sah, war, wie eben erwähnt, merkwürdig. Sehr merkwürdig sogar. Er bestaunte das rege Treiben dieser komischen Geschöpfe und Figuren inzwischen ganz aus der Nähe. Lebewesen mit ähnlicher Gestalt, aber mit etwas anderem Aussehen, kannte er eigentlich schon. Wie er wusste, war diese Art von Wesen überall unter dem Begriff "Menschen" bekannt.

Diese Menschen hier, sahen aber noch skurriler aus, als die anderen Exemplare der Gattung Mensch, von denen er ab und zu welche gesehen hatte. Es gab zwar keine wesentlichen Unterschiede zwischen den verschiedenen Spezies, aber dennoch waren da ein paar auffallende Ungereimtheiten erkennbar. Was meinem Urururgroßvater spontan auffiel war, die ins Auge stechende Blässe dieser Zweibeiner hier. Direkt ungesund und fahl sahen sie aus, dachte er bei sich. Die Menschen, die er bisher kennen gelernt hatte, trugen erheblich weniger "Dinge", um ihre Körper zu bedecken. Außerdem bestand ihre Ausstattung aus ihm fremden Gegenständen. Er wusste von langen Teilen, die einen sehr schmerzen konnten, wenn sie

32

einen trafen. So lauteten wenigstens die Erzählungen von Schlangen aus seinem Bekanntenkreis. Er selber konnte auf ein solches Erlebnis bisher dankend verzichten. Aber derlei Gegenstände konnte er bei diesen blassen Wesen nicht ausmachen. Sollten diese Zweibeiner vielleicht ausschließlich gute Absichten haben? Da diese Figuren, die er jetzt noch präziser ausmachen konnte, offensichtlich trotzdem von der gleichen Art abstammten, interessierte ihn schon sehr, wo denn dann überhaupt Unterschiede, außer dem des ungesunden Aussehens natürlich, zu erkennen waren. Ferner was wäre, wenn dieses ungesunde Aussehen auf einer Krankheit beruhen würde. Vielleicht würde diese sich dann in seinem Dschungel ausbreiten! Schlimmer noch, was wäre, wenn er selbst diese Krankheit bekommen und genauso wie die Menschen, erblassen würde? All seine schönen Muster würden vielleicht verschwinden. "Nein, so jetzt reicht es aber", sagte er zu sich selbst. "So dumme, hysterische Gedanken! Echtes Übertreiben und ungezügelte Schwarzmalerei war das!" Diese Verhaltensweise, sich also Dinge grundlos als echte Katastrophen bis ins Kleinste auszumalen, gefiel ihm weder bei anderen Lebewesen, noch bei sich selbst!! Schon gar nicht bei sich selbst. Damit musste sofort Schluss sein! Nichts desto Trotz blieb, die für ihn sehr bedeutende Frage, "was hatten diese anderen Menschen hier überhaupt vor?", immer noch unbeantwortet! Da ihm dieses Rätsel intensiv durch den Kopf ging, richtete er sich auf seinem Aussichtsposten erst mal gemütlich ein, um von hier aus mehr Informationen sammeln zu können. Flugs, nach genauer Beobachtung, erkannte er schließlich, dass die Geräusche, die er vorhin gehört hatte, nicht von den Menschen, sondern aus einem kleinen Kasten kamen.

Wie Urururopilein aus seiner sorgfältigen Observation schließen konnte, kamen diese Menschen offensichtlich von weit her, um den Regenwald zu erforschen und um diesen näher kennen zu lernen. Zur Durchführung ihres Vorhabens hatten sie angefangen aus mitgebrachten Teilen "Hütten" zu bauen, in denen sie schlafen konnten, Schutz vor schlechtem Wetter hatten, und wie sie sich wahrscheinlich auch erhofften, vor wilden Tieren geschützt wären. Gingen die Menschen tatsächlich davon aus, dass das so klappen könnte? Ganz nebenbei, Urururopilein zum Beispiel war noch überall hineingekommen, wo er hineinkommen wollte. Manchmal gab es zwar "kleinere" Schwierigkeiten mit dem wieder Herauskommen, aber schlussendlich hatte alles immer prima geklappt!!! Außerdem, konnte ER ja gar nicht gemeint sein, so dachte er wenigstens, ohne dem geringsten Zweifel an seinen Fähigkeiten.

Er hatte es sich zur Angewohnheit gemacht, sich auch nachts in der Nähe der Menschen aufzuhalten. Dort in seinem Versteck, immer neugierig lauernd, hatte mein Urururgroßpapa des Öfteren Begriffe wie "Expedition", "Vermessungen", "Wissenschaftler", "Serpentologin" oder auch "Ingenieur" gehört. Er fand alles sehr, sehr interessant und deshalb nahm er so oft er nur konnte, am regen Treiben, aus gebührendem Abstand natürlich, Anteil.
Schlau wie er war, hatte er herausgefunden, dass vor allem am Abend diese ihm neuartigen, melodischen Töne zu hören waren. Radio hieß, wie er jetzt wusste, das Gerät aus dem diese schönen Klänge kamen. Boa-constructeura hatte auch festgestellt, dass er, wenn er die Klänge aus dem Radio hörte, herrlich schlafen konnte. Und das gefiel ihm sehr. So vergingen aufregende Wochen, während welcher viel Neues und Interessantes geschah. Langweilig wurde es Boa-constructeura nie. Er schaute den Menschen einfach nur zu. Zum Beispiel,

wie diese durch den Dschungel liefen, nur um diesen mit ihren Gerätschaften auszumessen. Was hatten die Menschen nur davon? Boa-constructeura war ständig damit beschäftigt irgendjemanden oder irgendetwas zu beobachteten. Manchmal schraubten und bauten die Menschen auch irgendwelche Dinge zusammen, welche sich offensichtlich später dann als sehr hilfreich erwiesen. Und Urururopi beobachtete, beobachtete und beobachtete immer weiter, alles was sich um ihn herum so ereignete. Die Zeit verging und ohne dass es Boa-constructeura recht bewusst geworden war, hatte er sich ein gehöriges Maß an technischem Wissen angeeignet. Es war ein richtiger Schatz von angesammelten Kenntnissen, dessen Umfang selbst für eine Schlange mit großem Wissensdurst, sehr, sehr ungewöhnlich gewesen war. Wie nun schon mehrfach erwähnt, war Urururopi wirklich eine außergewöhnliche Persönlichkeit!

Eines Tages aber geschah etwas, dass das Leben meines Vorfahren für immer verändern sollte.

Folgendes war passiert:

Als er wieder einmal den verschiedenartigen Tönen, die aus dem Radio kamen lauschte, konnte selbst er es kaum glauben, was er da zu hören bekam. An diesem Tag nämlich kamen herrlich zischende, für ihn umwerfend liebreizende, wohlklingende Töne aus dem Radiogerät. Da war es, das Zischen, die Stimme, die Stimme von der er schon immer geträumt hatte. Und obwohl er diese Klänge das erste Mal vernahm, konnte er ihre sehnsüchtigen Nachrichten nicht nur auf Anhieb verstehen, sondern sie sogar aufrichtig nachempfinden. Es war, als hätte diese fremde Schlange in seinem Herzen gelesen! Folglich war er sich sicher, genau sie war es, genau sie war die Richtige. Endlich wurde aus dem Traum, ein Traum übrigens, der ihm bisher eigentlich gar nicht richtig bewusst gewesen war, Wirklichkeit. Es war die Sehnsucht nach der Zweisamkeit mit einem anderen Wesen. Ein richtiger Freund eben sollte es sein. Er war begeistert und zugleich fassungslos. Diese Stimme, so schön, so zart, so faszinierend. Es war unfassbar für ihn, er konnte es beinahe nicht glauben. Davon hatte er immer nur geträumt. Und nun sollte dieser Traum wahr werden. Eine Freundin, eine wahre Freundin, seine Freundin!!!

Diese, seine Seelenverwandte!!! Eine Traumschlange!!!! Seine Traumschlange!!! Seine Euphorie kannte keine Grenzen mehr. Das war vielleicht eine Aufregung. Doch obwohl das momentan nichts und niemand vermutet hätte, und es offensichtlich auch nicht den Anschein machte, war Urururopilein doch ein sehr rationales Wesen. Das bedeutet, es kam der Punkt, an dem seine kleinen grauen Gehirnzellen dem ganzen Spektakel Einhalt geboten. Sichtlich erschöpft stellte er sich nun die Frage, wie man die Eigentümerin dieser umwerfend schönen Stimme kennenlernen könnte? Die Stimme war aus dem Radio gekommen und dort wurde auch gesagt, soweit er die Sprache der Menschen schon verstehen konnte, dass es sich um eine Übertragung aus Europa handelte. Es hieß, es wäre ein Bericht aus einem Zoo in London gewesen. Aber was war ein Zoo und was oder wer war London? Das musste schleunigst geklärt werden. Nachdem ein paar weitere Tage vergangen, und damit eine Menge von Überlegungen durch Boa-constructeuras Kopf spaziert waren, war meinem Urururgroßvater klar geworden, was er zu tun hatte. Erst einmal musste er einen Teil seiner technischen Kenntnisse aufbieten, um sich einen kleinen Behälter mit Luftzufuhr zu bauen. Den wollte er dann heimlich an einem der großen, nach Europa fahrenden Schiffe, so anbringen, dass er nicht gesehen werden konnte. Denn soviel ihm bekannt war, wurden alle ablegenden Schiffe auf das Gründlichste durchsucht, um zu vermeiden, dass sich blinde Passagiere, ungebeten an Bord befanden. Als solcher konnte man also nicht reisen. Auch hatte er beobachtet, dass Menschen, die mit dem Schiff reisen wollten, Papier- oder Metallstücke gegen andere Papierstücke eintauschen mussten. Letztere nannte man, soweit er es mitbekommen hatte, Fahrkarten. Sollte er einfach versuchen so eine Fahrkarte zu bekommen? Selbst, wenn er Papier zum eintauschen gehabt hätte, wäre die Person bei der der Umtausch hätte stattfinden müssen, doch vermutlich mehr als überrascht gewesen, wenn er als ihr Gegenüber aufgetreten wäre! Wie also sollte man hier als Schlange vorgehen? Na ja, dann doch besser heimlich im Behälter über das große Wasser schippern. Wie schon angedacht, könnte man einen solchen Behälter vielleicht heimlich außen am Schiff befestigen. An einer Stelle, die wirklich niemand einsehen konnte. Wenn man dann in Europa angekommen war, konnte man weitersehen. In seinem Kopf rasten die Gedanken nur so durcheinander. Dieser Zustand hielt auch eine Weile an. Was hier alles zu bedenken war!! Es musste zum Beispiel das Material des Behälters gut gewählt werden, weil der Behälter im Meer doch vielen Widrigkeiten ausgesetzt sein würde. Außerdem war klar, dass das Behältnis natürlich Platz für eine Schlange und für deren benötigten Proviant, inklusive Wasservorrat, bieten musste. Die Art der Luftversorgung zu klären, wäre auch nicht gerade unwichtig. Wohl eher lebenswichtig! Trotz allem sah er den Dingen inzwischen merkwürdigerweise eher zuversichtlich und gelassen entgegen. Denn von seinem Können war Boa-constructeura schon immer ohne Vorbehalt überzeugt. "Und die Sache mit der Luftzufuhr wird sich genauso wie der Rest schon noch ergeben", dachte er so bei sich.

Selbst der noch nicht geklärte Transport seiner selbst gebauten "Schlangen-Reisemöglichkeit" zum Schiff hin, konnte ihm sein

Vorhaben nicht verdrießen. Vielleicht war es möglich ein paar Bekannte dazu zu überreden, ihm hier behilflich zu sein. Urururopilein verfügte über großes Redegeschick und hatte sogar schon mal daran gedacht, dieses für die Belange der Tiere hier im Dschungel einzusetzen. Leider gab es auch im Urwald Gesellen, die selbst mit den liebenswürdigsten und logischsten Aussagen nicht zu überzeugen waren.

Unter anderem solche, die auf intrigante Weise Ziele verfolgten, die ausschließlich ihrem eigenen Wohl dienten. Bei derartigen Urwaldbewohnern hätte es schon passieren können, dass er dazu über ging, ihnen seine Anliegen mit einem kleinen bisschen zwicken oder einem kleinen Biss, zu verdeutlichen.

Er hatte einfach zu viele Ideen, um alle in die Wirklichkeit umzusetzen. Deshalb widmete er sich eben den Vorhaben, die ihm am wichtigsten waren. Und überließ das Andere den Persönlichkeiten, die "geeigneter" für diese Dinge erschienen.

Boa-constructeura, der was noch einmal zu erwähnen ist, der Optimist in Person war, war deshalb wahrscheinlich auch gar nicht sehr überrascht, als nun das Unerwartete eintrat und damit all seine Probleme plötzlich gelöst waren.

Also, Boa-constructeura, dieser Glückspilz, lag wie so oft, auch an diesem Abend wieder auf seinem Stammplatz in der Nähe des Forschercamps. Das Forscherteam hatte es sich an einem schönen, knisternden Lagerfeuer mit lodernden Flammen, gemütlich gemacht. Man besprach die Ereignisse des Tages und tauschte Erfahrungen aus. Ein männliches und ein weibliches Wesen saßen etwas weiter vom Lagerfeuer entfernt, nahe beieinander und lächelten sich liebevoll an. Es handelte sich dabei um Ann McMiller, eine Serpentologin und ihren Ehemann Jeremias McMiller, der in der Funktion eines Ingenieurs an dieser Expedition teilnahm.

"Ann, die Idee unsere Hochzeitsreise mit dieser Expedition zu verbinden, war einfach genial. Etwas Besseres hätte uns kaum einfallen können. Natürlich hatte ich gewisse Erwartungen und Vorstellungen von dieser Reise, aber die Realität übertrifft tatsächlich alles. Und die vorangegangenen Anstrengungen, sind auch schon fast vergessen. Alles ist so aufregend und faszinierend". Jeremias war ein hoch gewachsener, junger Mann, mit drahtigem Körperbau. Seine schwarzen Locken hingen ihm wirr ins Gesicht. Trotz seines südländischen Aussehens, war er Engländer durch und durch. Er war ein sehr intelligenter Mann und sprach nur, wenn er etwas zu sagen hatte. Dann war aber auch gemeint, was gesagt wurde. Er war ein loyaler Mensch, auf den man sich auch in schwierigen Zeiten verlassen konnte, der Typ, den jeder gerne zum Freund hätte.

Seine Frau Ann dagegen war, was bisher noch nicht aufgefallen gewesen war, etwas gesprächiger und unverkennbar lebhaft. Hätte man dem Begriff "Wirbelwind" neu betiteln müssen, wäre "Ann" dafür bestimmt bestens geeignet gewesen. Sie hatte so viel Temperament, dass sie noch zwei weiteren Erdenbewohnern leicht hätte davon abgeben können. Auch Ann war noch recht jung und kaum jemand hätte einer so blutjungen, eher modern aussehenden Frau, ein abgeschlossenes Studium als Serpentologin zugetraut.

Ann war etwas kleiner als Jeremias und hatte kurze, rote Locken, die noch wirrer als Jeremias Locken wirkten und auf ihrem Kopf zu tanzen schienen. Ann war nie müde und immer mit irgendetwas beschäftigt.

"Mir geht es doch genauso, Jeremias. Ich bin so unvorstellbar glücklich, ich könnte vor Freude platzen. Du und ich, wir beide, hier im Paradies! Natürlich wäre ich mit dir an jeden

Ort der Erde gereist. Aber, dass wir es einrichten konnten hierher zu fahren, ja das war ein Geschenk des Himmels. Jetzt genießen wir nicht nur unserer Hochzeitsreise, sondern ich kann mir auch noch meinen lang ersehnten Wunsch erfüllen. Und, wenn ich meine Wunschschlange wirklich finden würde, wäre dies sicherlich sehr förderlich für meine berufliche Weiterbildung. Die vielen verschieden Arten von Schlangen, die ich bisher habe sehen dürfen, einfach toll, grandios. Eigentlich trübt mir nur ein winzig kleiner Wermutstropfen diese Reise. Aber das weißt du ja". "Natürlich, Ann, warum bist du nur immer so ungeduldig?", entgegnete daraufhin ihr Mann. "Du musst einfach fest daran glauben, dass wir die passende Schlange noch finden werden. Wie gesagt, fest daran glauben und mit der Suche nicht nachlassen. Ein paar Tage haben wir doch noch Zeit. Sei bitte nicht zu enttäuscht und lach` einfach wieder", versuchte Jeremias seine Frau zu trösten.

Jetzt stießen die anderen Kollegen zu den beiden und es wurde noch ausgelassen gefeiert. Es war eine glänzende Feierstimmung aufgekommen, von der sich alle anstecken ließen. Natürlich waren die wie durch Zauberhand plötzlich anwesenden Rum-Mixgetränke, genauso wie ein paar andere Alkoholika, die es zu trinken gab, sicherlich nicht ganz unbeteiligt an der guten Stimmung.

Erst sehr spät in der Nacht wurde schlafen gegangen. An den nächsten Tag und vor allem an das damit verbundene Aufstehen, mochte keiner so recht denken. Es tat auch niemand.

Auch an das Aufräumen der Reste, insbesondere der Flaschen mit den darin befindlichen Inhalten, wollte natürlich keiner mehr denken und so verschob man diese Tätigkeiten auf den kommenden Morgen. Welcher übrigens gar nicht mehr sehr weit in der Zukunft lag.

Und hier kommt nun Boa-constructeura wieder ins Spiel. Als der nämlich sah, dass alle schlafen gegangen waren, schlich er sich leise, ganz leise, immer näher an das Lager heran. Es roch dort sooo gut, vor allem nach Fleisch. Hunger hatte er auch ein wenig. Na ja es war schon eher ein ausnehmend alarmierendes Magenknurren, welches er aktuell verspürte. "Warum soll ich mir da nichts holen? Liegen doch genügend Sachen herum. Und die Menschen, die schlafen doch alle", meinte er zu sich selbst. Also griff er zu. Nachdem er beim Essen wieder einmal seinen guten Appetit unter Beweis gestellt hatte, soll heißen, drei gebratene Hühnchen und etliche Würste hatten den Besitzer gewechselt, bekam er Durst. "Flaschen stehen auch noch herum und warum eigentlich sollte ich den Inhalt nicht probieren?", überlegte er sich. "Das Essen war doch erstaunlich schmackhaft gewesen", meinte er zu sich selbst. "Folglich müsste man doch davon ausgehen dürfen, dass die Getränke genauso qualitativ hochwertig sind " entschied er und begann gleich damit ein wenig an den Flaschen zu nippen. Oh, wie er sich in diesem Augenblick erschrak!! Was für ein grotesker Geschmack. Dennoch, nach der ersten Überraschung und etlichen weiteren Schlucken, gewöhnte sich Boa-constructeura an das Getränk. Zu spät leider erst bemerkte er, dass dies kein Trank für eine Schlange war.

Nach kurzer Zeit, urplötzlich, drehte sich die Erde und der Boden unter ihm wackelte. Als ihm so schwindelig wurde, dass er nicht mehr wusste wo oben oder unten war, war es natürlich zu spät für irgendwelche Gegenmaßnahmen. Bums, wumm, schon fiel er krachend um und blieb bewusstlos auf der Erde liegen. Glasklar war damit bewiesen, dass Rum absolut nichts für Schlangen ist. Dies war, wie deutlich erkennbar, der weniger dienliche Teil seiner Glücksgeschichte.

Nun aber zum positiven und gleichzeitig ersten Teil des Wunders.

Am nächsten Morgen also, Boa-constructeura war gerade aufgewacht, musste er erst mal versuchen, sich an die Geschehnisse der letzten Nacht zu erinnern. Anfangs fiel ihm das sehr schwer. Beim Pochen in seinem Schädel musste er unwillkürlich an einen schmiedeeisernen Hammer denken. Einen solchen hatte er hier schon gesehen. Es fühlte sich an, als ob genau dieser in eben genannten Körperteil hin und her schwingen würde. Das tat vielleicht weh! Aber nicht nur besagter Kopf schmerzte, vielmehr war es der ganze Körper, der litt. Ja, jeder einzelne Muskel, stand Qualen aus. War denn überhaupt noch etwas heil an ihm? Schließlich aber kamen die Erinnerungen Stück für Stück zurück. Jetzt wurde ihm auch bewusst, dass er sich nicht mehr im Freien befand, sondern zusammengerollt in einem Behälter lag. Eigentlich war es sehr angenehm, sich hier aufzuhalten und durch die Wände des Behälters konnte man sogar hindurch schauen. Sein Aufenthaltsort war ausreichend groß und wohl temperiert. Genau das richtige, um sich als Schlange pudel- oder besser schlangenwohl fühlen zu können. Außer man war eine Schlange, die gerade unter einem gigantischen Kater litt.

Vor dem Behälter stand ein Mann, der von der zweiten Person, mit Jeremias angesprochen wurde. Boa-constructeura erkannte beide Menschen als Teilnehmer der Expedition.

Jeremias, der sich gerade an die zweite Person wandte und diese mit Ann ansprach, meinte: "Nun mein Schatz, bist du jetzt endlich glücklich? Du hattest die Hoffnung nach der langen Suche doch schon fast aufgegeben. Oder?". Beide schauten sich an und wussten dabei, dass ein Jeder sehr erleichtert und froh war. Die Intensität dieser Gefühle war zwar unterschiedlich, doch nichts desto trotz, diese beiden Menschen schienen sehr glücklich zu sein.

Erwartungsvoll, zugleich interessiert, ganz von dieser angetan, blickten sie auf die vor ihnen liegende Schlange.

„Du hast ja so Recht! Wahrhaftig daran glauben, das perfekte Exemplar eines solchen Tieres zu finden, das konnte ich kaum mehr. Tatsächlich hatte ich vielmehr das Gefühl den ganzen Regenwald abgesucht zu haben und trotzdem war die richtige Schlange einfach nicht zu finden gewesen. Weißt du, die eigene Enttäuschung hätte mir vollends gereicht. Aber wenn ich an das ganze Theater denke, das ich mit den Behörden hatte, um auch nur möglicherweise eine Schlange ausführen, beziehungsweise bei uns Zuhause wieder einführen zu dürfen. Puh, wäre das auch noch umsonst gewesen, ja, das hätte dem Ganzen noch die Krone aufgesetzt. Und nun, fast am Ende der Expedition, liegt die schönste Schlange der Welt einfach mitten in unserem im Lager."

Mit verklärtem Blick schaute Ann auf "ihre" Schlange und fuhr dabei fort: "Jeremias, schau sie dir doch nur mal genauer an. Ist sie nicht wunderschön?" Dies war natürlich nur eine rhetorische Frage. "Jetzt habe ich genau das Exemplar gefunden, das ich mir immer vorgestellt und gewünscht habe. Endlich dieser Erfolg, nach schier endloser Suche. Genau diese Schlange müssen wir unbedingt mit nach Hause nehmen. Ich will keine andere mehr", beendete Ann mit vor Begeisterung funkelnden Augen ihre Ausführungen. "Etwas neigt meine Liebste schon zu Übertreibungen", dachte Jeremias kurz, antwortete aber sofort, "Ja, Ja, Ann, mir geht es da wie dir, ich finde das Tier sieht schlicht und einfach prächtig aus". Auch er hatte nach der langen Suche schon fast befürchtet, kein passendes Exemplar mehr zu finden. Da er wusste, wie sehr sich seine Frau eine solche Schlange gewünscht hatte, und sah wie sie sich jetzt über dieses Tier freute, waren die ganzen Anstrengungen und Enttäuschungen, die mit der Suche des Reptils verbunden waren, nach dessen Fund, doch fast schon wieder vergessen.

Boa-constructeura, der dem ganzen Gespräch zugehört hatte, konnte seinen Ohren kaum trauen. Er wusste, dass die Teilnehmer der Expedition, aus Europa kamen. Genau das, war sein Ziel gewesen. So wie es jetzt aussah, wollten ihn diese beiden freundlichen Menschen auf einem Schiff mit in ihre Heimat nehmen. Das bedeutete für ihn freie Fahrt, gut versorgt werden auf einem Schiff, das nach Europa fährt, und sich einfach um nichts mehr kümmern müssen. Alles ohne eigenen Aufwand!! Wie viel seiner Probleme, zum Beispiel die Fahrt ans Meer, oder aber die Luftzufuhr für die selbst gebaute Kiste, und so weiter, und so weiter, lösten sich dadurch sprichwörtlich in Luft auf.

„Herrlich, wirklich herrlich. Ich bin ein echter Glückspilz", sagte er zu sich selbst. „Außerdem scheint es so, als würde ich diesen Menschen recht gut gefallen. Ich habe den Eindruck, diese beiden mögen mich sehr", fügte er im Gedanken hinzu und verdrehte dabei seine Augen vielsagend, wodurch ihm diese einen romantisch versonnen Blick in sein Gesicht zauberten.

Es schien so, als hätte sich tatsächlich alles zum Besten gewandt. Die Zeit verging und obwohl es Anns größter Traum war, dieses himmlische Exemplar einer Schlange zu sich nach Hause mitzunehmen, überkamen sie unerwarteter Weise, immer öfter Bedenken. War es wirklich richtig, ein so makelloses Tier aus seinem gewohnten Umfeld zu reißen? Und das nur aus egoistischem Interesse. Natürlich konnte damit auch der Wissenschaft gedient werden, aber um welchen Preis? Diese und ähnliche Gedanken zermarterten ihr förmlich den Kopf und ließen sie nicht mehr zur Ruhe kommen. Das dauernde Grübeln war schon immens anstrengend.

Eines Morgens entschied sie sich zu einem, wie sie meinte, kleinen Spaziergang. Sie wollte sich Klarheit über all ihre nagenden Gedanken und die zermürbenden Zweifel verschaffen. Den Kopf wieder frei bekommen, das war ihr Plan.

"Jeremias, ich gehe kurz ein Stückchen spazieren, ich muss mir über so einiges klar werden", meinte sie an ihren Mann gewandt. "Ich möchte etwas alleine sein, gehe aber nur ein Stückchen und natürlich werde ich, wie immer, gut aufpassen". Sie wusste, dass der Urwald nicht der Hyde-Park war, wobei, wenn man es richtig überlegte, dort wahrscheinlich nur andere Arten von Gefahren, aber kaum geringere, lauerten. "Ich bin bald wieder zurück!" fügte sie noch rasch hinzu und verschwand, nachdem sie sich zum Abschied kurz zugewunken hatten, flugs zwischen den riesigen Bäumen.

Jeremias, der seine Frau, und vor allem deren mitunter ausgeprägten Willen, sehr gut kannte, liess sie, wenn auch mit mulmigen Gefühl in der Magengegend, ihr Vorhaben in die Realität umsetzen. Was hätte er auch großartig unternehmen sollen??

Logischer Weise gibt es auch bei einer solchen Expedition einen gewissen Zeitrahmen. Deshalb müssen viele Arbeiten geplant und zügig erledigt werden. Da es heute wieder ein Tag, gespickt mit vielen dieser Aufgaben war, fiel es Jeremias zuerst gar nicht auf, wie spät es schon geworden war. Als dann aber langsam die Dunkelheit über das Camp hereinbrach, bemerkte er doch, dass Ann immer noch nicht zurückgekommen war. Und schon überfielen sie ihn, diese lästigen, unerwünschten Gefühle. Jeremias war kein Mann, der sich leicht Sorgen machte, aber in seiner jetzigen Situation, war selbst ihm mulmig zumute. Er merkte, wie sich sein Magen langsam zusammen zog und ihm ein leichter Schauer über den Rücken lief. Ann wollte doch nur kurz einen Spaziergang machen. Wo war sie nur so lange?

Ja, was war passiert? Ann hatte also das Camp verlassen und entfernte sich dabei, da sie sich der Gefahren, die im Urwald lauern konnten, durchaus bewusst war, nur ein kurzes Stück von ihrem Ausgangspunkt. Genau so, wie sie es mit Jeremias abgesprochen hatte. Ausgemacht war ausgemacht, und an Abmachungen musste man sich eben halten. Wozu sonst hätte man Absprachen überhaupt treffen sollen?? Außerdem, hier in der Wildnis war es mitunter überlebenswichtig sich an Vereinbarungen zu halten. Übrigens, einen Kompass hatte Ann zur Sicherheit sowieso immer bei sich. Also ging sie davon aus, diese ihre Unternehmung sicher im Griff zu haben. Wie vorher beschrieben, sausten ihr momentan sehr viele Dinge durch den Kopf. Das hatte wiederum zur Folge, dass sich nun auch noch Unachtsamkeit und Unkonzentriertheit zu den übrigen Problemen hinzu gesellt hatten. Eine ungünstigere Kombination der Umstände wäre beinahe nicht möglich gewesen. Ungünstig, ob dieses Wort hierfür wohl der treffende Ausdruck war? Na ja, sonderlich positiv, um es milde auszudrücken, war das Ganze bestimmt nicht. Aber es war eben einfach so. Es war, wie es war. Deshalb passierte, was passieren musste.

Als Ann so in Gedanken versunken dahin gelaufen war, hatte sie doch tatsächlich ein Loch im Waldboden übersehen.
Dieses Loch war mit Urwaldgewächsen so dicht überdeckt gewesen, dass es fast übersehen werden musste. Und Ann, im Gedanken natürlich gerade wieder bei "ihrer" Schlange, stampfte unachtsam auf dem lockeren Urwaldbodenbewuchs dahin, bis sich plötzlich ein Abgrund unter ihren Füßen auftat. Schon verlor sie den Halt, stürzte in das Loch, versuchte noch sich festzuhalten, was sich aber als unmöglich herausstellte und zu dem Ergebnis führte, dass Ann mit einem lauten Krach auf den Grund des Loches aufschlug. Dort blieb sie bewegungslos, mit einer Platzwunde am Kopf, liegen. Dunkelrotes, warmes Blut lief ihr von der Stirn quer über ihre ganze Wange hinunter. Abschürfungen, die durch den Sturz entstanden waren, übersäten ihren ganzen Körper und waren nur ein wenig durch ihre zerrissene Kleidung bedeckt. Na ja, es war schon ein ziemlich tiefes Loch gewesen!! Jetzt war alles um sie herum dunkel und ganz still geworden. Im Augenblick konnte sie ihre Umwelt auf keinerlei Weise mehr wahrnehmen.

Erst als die Sonne langsam untergegangen war und Ann Stück für Stück von der zunehmenden Finsternis immer mehr eingehüllt wurde, kamen ganz langsam neue Kräfte in den bis dahin scheinbar leblos daliegenden, bewusstlosen Körper zurück. Sichtlich benommen und verstört, richtete sie sich zaghaft, ganz sachte auf und versuchte dabei aber trotzdem, sich schleunigst an die vorangegangenen Geschehnisse zu erinnern.

"Oh, was war das nur für eine missliche Lage, in die sie da wieder geraten war?", fragte sie sich gleich nachdem sie etwas Ordnung in ihre Gedanken bekommen hatte. Lange dauerte es nicht, bis ihr alles wieder eingefallen war. Nachdem sie ihren Körper gründlich auf eventuelle Verletzungen hin abgetastet hatte, um festzustellen was und wie viel denn eigentlich "kaputt" gegangen war, lehnte sie sich vorsichtig an die Wand des Loches um sich etwas auszuruhen. Gegenwärtig schon wieder etwas entspannter, wurde ihr erst richtig bewusst, welch großes Glück sie offenbar noch einmal gehabt hatte. Sonnig war ihre Situation zwar nicht unbedingt, aber wenn man bedachte, wie glimpflich dieser Sturz ausgegangen war!! Alles war noch dran. Na ja, der Kopf tat schon tüchtig weh und die Abschürfungen waren nun auch nicht gerade die reine Freude, aber immerhin, gebrochen war scheinbar nichts. Dieses Malheur hätte ein anderes Ende nehmen können. Ein, in diesem Fall ihr Weltuntergang, war es bestimmt nicht!! Am Körper war noch alles dran wo es hingehörte und die Schmerzen waren zwar sehr unangenehm, wurden aber langsam auch immer erträglicher. Jetzt musste man doch "nur" noch irgendwie aus dieser Falle heraus kommen und zwar so schnell als möglich!! Ann überlegte fieberhaft. Dieser bittere Gedanke, der sich gerade in ihrem Kopf breit machte, erfreute sie in keinster Weise. Im Gegenteil, sie empfand ihn als bedrückend und qualvoll!! „Mein Gott, wie kann ein einzelner Mensch nur so dämlich sein. Alle Vorsicht außer Acht lassen und einfach drauf los laufen. Unfassbar, eine solche Eselei!!!!", zankte sie jetzt mit sich selbst. Die langsam hochsteigende Wut über ihre eigene Unzulänglichkeit entwickelte ungeahnte Kräfte in ihr. Die Sorge über ihre Situation nahm dann aber doch wieder Überhand und so beendete sie ihr Schimpfen mit sich augenblicklich. Also was konnte und sollte sie tun???? Ann zerbrach sich förmlich den Kopf über diese elementaren Fragen. Jeremias hätte ihr bestimmt gesagt, da hilft nur Problem lösendes Denken. Keine Hektik entwickeln, das Problem betrachten und konzentriert eine Lösungsmöglichkeit suchen. Natürlich wäre es daraufhin nicht übel, wenn man schlussendlich eine Lösung finden würde. Auf's Neue versuchte sie ihre Gedanken zu ordnen. Also gut, man könnte versuchten, irgendwie aus dem Loch heraus zu klettern. Diesem Gedanken folgte die Tat. So versuchte sie, an Wurzeln und an größeren Steinen, die aus der Erde ragten und in greifbarer Nähe waren, halt zu finden. Ihre Finger gruben sich tief in die Erdwände, aber ihre Hände glitten immer wieder ab. Außerdem schmerzte, ja pochte ihr Kopf ununterbrochen. Jetzt schlichen sich doch ein bisschen Angst und das Gefühl von Hilflosigkeit langsam bei ihr ein. „Ich und mein Dickkopf, wir passen schon wahrlich gut zueinander", meinte sie zu sich selbst und setzte sich auf den Boden. „Trocken war es wenigstens hier", mit diesem Gedanken versuchte sie, sich wieder ein wenig aufzumuntern. Etwas zur Ruhe gekommen, fiel ihr plötzlich ein, dass sich ihr Ehemann schon öfters, aber immer nur im Scherz, über ihre kräftige Stimme etwas lustig gemacht hatte. Sie konnte nämlich, wenn sie wollte, extrem laut schreien. Gedacht, getan, fing sie auch gleich an zu schreien. Ja eigentlich plärrte sie, was das Zeug hielt. Immer in unterschiedlichen Tonlagen. Mal höher, mal tiefer, einmal etwas lauter, dann wieder leiser. Wie sie wusste, sind Schreie in unterschiedlichen Tonlagen viel weiter hörbar, als Rufe in der gleichen Tonlage. Das hatte sie irgendwo gelesen. Weit weg vom Camp war sie ja nicht und vielleicht konnte sie jemand hören! Bei diesem Gedanken fasste sie wieder Mut!! Ein bisschen wenigstens.

Im Camp hatte sich zur gleichen Zeit immer mehr Unruhe ausgebreitet. Alle waren in Aufregung geraten, weil Ann immer noch nicht zurückgekommen war. Jeremias stellte schließlich einen Suchtrupp zusammen, mit dem er sich auf den Weg machte, um Ann zu suchen. Da er Anns Schreie, trotz deren Lautstärke nicht hörte, war die Suche zuerst einmal recht aussichtslos.

Das viele Schreien hatte Ann schon sehr angestrengt und deshalb war sie nach einiger Zeit total erschöpft eingeschlafen.

Wie erwähnt, der Suchtrupp, der in einer anderen Richtung unterwegs gewesen war, hatte nichts von den Schreien der Vermissten gehört. Doch was für ein Glück. Vorort gab es nämlich durchaus jemanden, der etwas gehört hatte, die Stimme sofort erkannte und sich sogar die Richtung merkte, aus der die Rufe kamen. Und wer anderes als Boa-constructeura könnte das wohl gewesen sein, der über solche Fähigkeiten verfügen würde??? Er war sofort zur Hilfe bereit. Erstens mochte er Ann sehr und zweitens wollte er seine Mitfahrgelegenheit nicht aufs Spiel setzen. Was würde passieren, wenn Ann nie mehr auftauchen würde. Das wäre in jeglicher Hinsicht eine Katastrophe. Er war zwar in seinem Käfig eingeschlossen, aber wie bereits erwähnt, der Ort aus dem diese Schlange nicht hätte entkommen können, musste erst noch geplant und gebaut werden!!!!!!!!!!!!!!!!!!

Sofort, als er die Stimme vernommen hatte, sein Gehör war nämlich wie bereits erwähnt, extrem gut, entschloss er sich dazu, Ann zu retten. Deshalb machte er sich umgehend daran aus dem Käfig auszubrechen. Innerhalb kürzester Zeit war es geschafft und draußen war er.

Als der Suchtrupp müde, erschöpft und ziemlich entmutigt wieder im Camp zurück angekommen war, mussten sie feststellen, dass Ann immer noch nicht zurück, dafür aber Boa-constructeura auch noch weg war. Nun gut, letzteres wäre an sich kein so großes Problem gewesen, überraschend war nur, wie das Tier aus seinem "ausbruchsicheren" Behälter hatte entkommen können.

In der Zwischenzeit hatte sich mein Ururgroßopi schnell und zielgerichtet in die Richtung bewegt, aus der die Rufe geklungen waren. Trotz seiner Größe schlängelte er geschwind und äußert elegant über dem Urwaldboden dahin. Fast lautlos war er unterwegs. Da er die Gegend kannte wie seine "Westentasche" und daher wusste, was er wo zu erwarten hatte, konnte er drohenden Hindernissen rechtzeitig ausweichen und kam deshalb zügig vorwärts. Lange dauerte es also nicht, bis er auf die Unglücksstelle traf, an der Ann gestürzt war. Boa-constructeura war sichtlich erleichtert, Ann gefunden zu haben. Jetzt musste er kurz überlegen, wie er sie retten konnte. Er schaute sich in der Gegend um und blitzschnell kam ihm auch schon ein Gedanke. Ein Plan, ein gut durchdachter Plan musste her, und zwar sehr schnell!! Schwubs, hatte er eine Idee und so konnte er sich augenblicklich an die Befreiung der Gefallenen machen.

Zuerst musste er Ann irgendwie aufgeweckt werden, um zu sehen, ob und wie schwer sie verletzt war. Also zischte er erst leise, dann immer lauter und zuletzt, so laut es nur ging. Keine Reaktion! Stirn runzelnd gab er dieses Vorhaben auf. So hatte es wohl keinen Sinn. Aus der Fassung bringen konnte ihn dieser kleine Misserfolg aber noch lange nicht. Ein guter Stratege muss ja immer noch ein Ass im Ärmel haben und deshalb ging es nun darum die zweite Idee in die Tat umsetzen. Auf dem Bauch liegend und zwar mit dem Schwanzende in Richtung Loch, kroch er flink immer mehr auf den Rand des Loches zu. Dort angekommen ließ er langsam erst die Schwanzspitze, dann den gesamten Schwanz, gefolgt vom restlichen Körper, an der Wand des Loches, hinunter in die Tiefe gleiten.

Ann musste schon sehr erschöpft gewesen sein, dachte er sich. Diese Frau bekam nichts von seiner Aktion mit. Sie schlief immer noch tief und fest. Selbst die an der Seitenwand des Loches herunter fallende Erde, nahm sie nicht wahr.

Erst als Boa-constructeura, der sich inzwischen schon mit einem Großteil seines Körpers neben Ann im Loch befand, und gerade dabei war, seinem Schwanz um Anns Taille zu wickeln, wachte diese durch den Kontakt mit ihm auf. Das erste was von ihr zu hören war, war ein Hilfeschrei, bei dem die Erde beinahe angefangen hätte, zu beben. Boa-constructeura hatte sich so erschrocken, dass er Ann beinahe wieder losgelassen hätte. Doch der Schock war, auf beiden Seiten, nur kurz. Boa-constructeura gewann als erster seine Fassung zurück. Er wandte seinen Kopf in Anns Richtung und schaute sie mit einem etwas überraschten Blick an. Jetzt endlich erkannte Ann „ihre" Schlange, woraufhin sie schlagartig gänzlich mit ihrem Geschrei aufhörte. Erst jetzt war es ihr klar geworden, dieses Tier wollte sie tatsächlich nur retten!!!!!!!!!!!!! Ihr Retter in der Not!!

„Diese Schlange ist ein Geschenk des Himmels. Am liebsten möchte ich sie immer bei mir haben"!!!, schoss es durch den Kopf der Geretteten.

Jetzt ging alles sehr schnell. Boa-constructeura wickelte wie schon erwähnt, das Ende seines Schwanzes nun gänzlich um Ann und schlich daraufhin vorsichtig wieder aus dem Loch heraus. Stückchen für Stückchen und ganz behutsam. Obwohl Ann nicht sehr schwer war, musste Boa-constructeura sich ganz schön anstrengen! Und dies, bis letztendlich Schlange und Mensch dem Loch wohlbehalten entkommen waren. Oben angelangt ließen sich beide völlig erschöpft auf die Erde fallen, atmeten tief ein und aus und erholten sich von dem Schrecken.

"Diesen hellen Staub, der mir teilweise am Körper klebt, werde ich mir noch schnell ein wenig abputzen. Hübsch ist er ja, ich glaube den wische ich schnell ab, sammle ihn zusammen und nehme ihn dann mit. Oh, ein paar größere Steinchen liegen hier auch noch. Wirklich ansehnlich, vielleicht kann ich diese Glitzersachen irgendwann mal brauchen.", grübelte die Schlange noch vor sich hin. Es stellte sich heraus, dass es wesentlich mehr schöner Staub war, als erwartet. Freudig, angesichts des unverhofften Geschenks, wurde alles fein säuberlich eingesammelt, sorgfältig in zwei Gummibaumblätter, die auf dem Boden der Grube gelegen waren gewickelt, eingesteckt und mitgenommen. Erleichtert und glücklich, diese Unternehmung so gut überstanden zu haben, machten sich die beiden auf in Richtung Camp.

Dort sorgte ihre Ankunft bei allen für große Aufregung!!! Verstehen konnte man bei dem durcheinander Rufen der einzelnen Wörter kaum mehr etwas. Nur einzelne Wortfetzen wie "Glück", "Gott sei es gedankt", "unglaublich" und "Freude" zeichneten sich aus dem Wortgewirr ab.

Als Jeremias seine Frau im „Schlepptau" einer Riesenschlange gesehen hatte, musste er sich am nächsten greifbaren Gegenstand erstmal festhalten. Vor Freude, Ann offensichtlich gesund und recht munter wieder zu sehen, stiegen ihm Freudentränen in die Augen. Ohne diese zu beachten, stürmte er auf seine Frau zu, küsste und umarmte diese so heftig, dass man jetzt fast hätte befürchten müssen, Ann könne körperliche Schäden davon nehmen. Auch Ann konnte ihr Glück kaum fassen. Beide waren einfach nur noch erleichtert und unfassbar froh. Nachdem Ann kurz geschildert hatte, was passiert war, musste nun auch noch Boa-constructeura „daran glauben".

Soweit die Größe dieser Schlange es überhaupt zuließ, wurde sie von Jeremias gepackt und voll Dankbarkeit, in seine Arme geschlossen. Urururopi kam dieses Verhalten zwar mehr als merkwürdig vor, doch hatte er ähnliches schon bei Menschen, die sich mochten, beobachten können. Also würde es schon freundlich gemeint sein, dachte er so bei sich. Und ließ alles geduldig über sich ergehen. Jetzt, gab es kein Halten mehr und die zusammengescharrte Camp Crew stürmte auf die Wiedergekommenen zu und redete auf sie ein. Ann und Boa-constructeura wurden liebevoll gedrückt und umarmt. Wobei doch einige der Forscher Boa-constructeura erst mal etwas zurückhaltender drückten. Was sich aber ganz schnell änderte, als sie bemerkten, wie umgänglich dieses Tier war. Es war eine herzliche und lautstarke Begrüßung. Man beachte, beide Persönlichkeiten, sprich Frau und Schlange, wurden liebevoll willkommen geheißen. Das gefiel beiden sehr!!!

54

Nach diesen Geschehnissen dauerte es nur noch ein paar Tage, in denen die letzten Vorbereitungen für die Abreise der Forscher vorgenommen werden mussten. Am letzten Tag dieser Expedition wurden die Zelte abgebaut und zum Rest der bereits verstauten übrigen Ausrüstung in Kisten gepackt. Dann war es soweit!

Nun aber, als schon fast alle Expeditionsteilnehmer in ihren Autos saßen und auf das Startsignal warteten, war Ann nachdenklicher denn je. Natürlich wollte sie ihren neuen Freund unbedingt mit nach Europa nehmen. Dazu hatte sie sich eigentlich schon kurz nachdem sie Boa-constructeura kennen gelernt hatte, entschlossen. Diese Schlange war einfach etwas ganz besonderes für sie gewesen. Und jetzt, nachdem ihr dieses Tier in einer wagemutigen Aktion das Leben gerettet hatte, meldete sich Anns Herz erneut und heftig zu Wort. Dieses Gefühl gab ihr eindringlich zu verstehen, sie müsse das Gleiche auch für ihren tierischen Beistand tun. Sich also als gute Freundin erweisen und ihm das Leben retten. Gewiss, sie hatte immer vorgehabt, ihr Tier zu Hause stets artgerecht zu halten. Auch die zusätzliche Portion Zuneigung wäre eine Selbstverständlichkeit gewesen, aber würde das ausreichen?? Gewissensbisse überfielen Ann regelrecht.

„Wahrscheinlich nicht!", gestand sich Ann ein und machte sich auf in Richtung Boa-constructeuras Unterkunft. Letzterer hatte sich schon sehr auf die Reise gefreut. Das Reisefieber hatte ihn gepackt, was aber überraschender Weise dazu geführt hatte, dass das Tier vor freudiger Erwartung, welche sich in Müdigkeit gewandelt hatte, eingenickt war. Als Ann „ihre" Schlange friedlich schlafend vorfand, blieb sie lange vor dem Behälter Ihres Begleiters stehen und betrachtete ihn dabei sehr genau. Erst war es "nur" ein sehr liebevoller Blick mit dem Ann Boa-constructeura bedachte. Doch dann konnte Ann sich

schlichtweg nicht mehr beherrschen. Die Tränen kullerten ihr, fast wie in kleinen Bächen, über ihr jetzt braun gebranntes Gesicht. Sie war unsagbar traurig. "So ein schreckliches Gefühl", dachte sie bei sich, "es schnürt mir irgendwie die Luft ab. Mein Herz klopft mir bis zum Hals. Am liebsten würde ich vor dieser Entscheidung so weit weglaufen, wie ich nur könnte." Immer noch schluchzend, stammelte sie eine paar Worte hervor. „ Du liebe, wundervolle Schlange, du bist mir so sehr ans Herz gewachsen. Ich wünsche mir einfach nur das beste für dich. DU sollst immer glücklich sein und dort leben können wo DU möchtest. Natürlich werde ich ohne dich traurig sein, aber wenn man einen Freund hat, sollte man immer zuerst dessen Glück im Auge behalten". Jetzt, fest entschlossen, fügte sie hinzu: "Nun, da muss ich mich eben zusammen nehmen. Ich muss mich darüber freuen, wenn er glücklich ist und es ihm gut geht. Wenn ich so weitermache, werde ich mich noch zu einer hysterischen, in Selbstmitleid zerfließenden Person, entwickeln." Ganz so wäre es zwar nicht gewesen, aber eine gewisse rationale Verhaltensweise konnte schon nicht schaden. Als Ann Boa-constructeuras Behälter öffnete, um ihren Freund in die Freiheit zurück zu geben, bemerkte sie, dass dieser nur so getan hatte, als ob er schlafen würde. Das Tier hatte alles gehört und offensichtlich auch verstanden, was da zu ihm gesagt wurde. Verwunderlich nur, dass Boa-constructeura keinerlei Anstalten machte, sein zu Hause zu verlassen. Ganz im Gegenteil, er räkelte sich genüsslich und machte es sich noch gemütlicher als vorher. Ann dachte, bestimmt hat er mich nicht verstanden. Aber das Gegenteil war der Fall. Diese Schlange hatte sehr wohl verstanden!!!!!
„Menschen gehören schon einer der merkwürdigsten und am wenigsten konsequenten Gattungen an. Mal ja, mal nein, dann wieder ja. Soll das denn jetzt ewig so weiter gehen? So inkon-

sequent!! Trotzdem mag ich diesen Menschen doch besonders gerne. Na ja, aber nicht so gerne, dass ich mir jetzt, wo meine Abreise doch eigentlich schon feststand, einen Strich durch meine Pläne machen lasse.", schoss es Boa-constructeura blitzschnell, das Problem durchschauend, durch den Kopf.

Währenddessen versuchte Ann „ihrer" Schlange gut zu zureden und sie bei dieser Gelegenheit aus ihrer Unterkunft zu zerren. Oh, das kam bei Boa-constructeura aber gar nicht gut an. Das schier unüberwindbare Problem dabei war nämlich, Boa-constructeura wollte einfach nicht!!!!!! Dieses Reptil hatte schlicht und einfach andere Pläne! Außerdem war es mindestens genauso zielstrebig, man hätte auch sagen können, genauso starrköpfig, wie seine neue Besitzerin.

Nun griff Ann buchstäblich zu stärkeren Mitteln. Sie rief ein paar kräftige Crewmitglieder zu sich und bat diese, das störrische Tier aus seiner Behausung zu holen. Erst nach etlichen vergeblichen und mühsamen Versuchen, gelang es Anns eilig herbei geeilten Helfern, Boa-constructeura aus dessen Kiste zu zerren. Das war aber auch nur deshalb möglich, weil das Geschubse und Gepickse der Herren, Boa-constructeura nun wirklich die Laune verdorben hatte. Also gab er vorerst nach und tat den Versammelten diese Freude. Bei sich dachte er, „Manche dieser Menschen müssen tatsächlich zu ihrem Glück gezwungen werden." Dabei ging er davon aus, dass seine Gesellschaft und Gegenwart, ein großes Glück für jeden Menschen sein müsste. "Na, da sollte wohl umgehend ein neuer Plan her!", grübelte Boa-constructeura vor sich hin. Oberstes Gebot für ihn war, seine Angebetete musste umgehend gefunden werden. Denn genau mit dieser Dame wollte er gemeinsam in eine schöne, ja herrliche Zukunft kriechen. Nur, wie konnte nun eine neue Lösung hinsichtlich seiner Reise gefunden werden?

Aus diesen Menschen wurde Boa-constructeura einfach nicht schlau. Erst wollte ihn Ann aus seiner Unterkunft vertreiben, tat dies auch, und kurz darauf schon, also gerade eben, ging das Theater wieder an. Sie hatte sich nämlich neben ihn auf der Erde gesetzt, ihn mit großen, traurigen Augen angeschaut und vor sich hin geplappert und geplapperte und geplappert.

„Leid, würde es ihr tun….. Wollte nur das Beste………. Würde sie nur einen Ausweg wissen……...".

Boa-constructeura war ein sehr geduldiges Wesen, aber irgendwann reichte es selbst ihm.

"Er wollte nach Europa und das schnell!!! Aber, sollte er, in Anbetracht des Verhaltens dieser Frau, sein Vorhaben vielleicht doch noch überdenken? Schließlich war seine Angebetete auch ein weibliches Wesen. Was wäre, wenn man das Gemüt und Verhalten, weiblicher Menschen mit dem weiblicher Schlangen auf eine Stufe stellen würde?". Ein wahres Durcheinander an Gedanken ging ihm jetzt eben durch den Kopf. Also nutze er die Gelegenheit, als Ann von einem ihrer Kollegen, der eine Frage wegen des Camps hatte, kurz abgelenkt wurde, und verschwand. Schnell und lautlos, versteckte sich hinter einem Mammutbaum und wartete ab.

Als Ann das Verschwinden ihres tierischen Gefährten bemerkte, war sie zwar einerseits froh, denn so war es doch wahrscheinlich das Beste für das Tier, doch andererseits auch wieder betrübt, weil sie diese Schlange doch so sehr ins Herz geschlossen hatte. Doch jetzt war es endgültig Zeit für die Abreise. Man brach auf und damit begann der lange Heimweg.

Als nach circa fünf Stunden der erste Stopp für eine kleine Pause einlegt wurde, versammelten sich alle Teilnehmer der Expedition und besprachen die bisherigen Geschehnisse. Die Fahrt war für alle gut verlaufen, nur der Fahrer des letzten Wagens meldete, er hätte wahrscheinlich eine große Wurzel übersehen, über die er dann auch versehentlich gefahren wäre. Gesehen hatte er im ganzen Dickicht nichts, aber als er, kurz nach Beginn der Fahrt, an einem der Mammutbäume vorbei fuhr, hatte es irgendwie geknallt und der Wagen kam auch ins wackeln. Weil aber gleich wieder Ruhe war, hatte er sich nichts dabei gedacht. Also eigentlich kaum erwähnenswert dieser Vorfall.

Nun gut, niemand maß diesem Ereignis auch nur die geringste Wichtigkeit zu. Schon nach kurzer Zeit wurde weiter gefahren. Als dann nach weiteren fünf Stunden das Meer sichtbar wurde, freuten sich alle so sehr auf die Heimat, dass alle Strapazen vergessen und nur noch die Erfolge empfunden wurden.

Diese Erleichterung!!!! An den kleinen Vorfall im Urwald, also das Krachen, dachte niemand mehr. Beinahe niemand!!!!!

An das Poltern an sich, dachte tatsächlich niemand mehr, aber an den Vorfall schon. Es gab nämlich eine Persönlichkeit, die sich mit den Folgen dieses Geschehens auseinander setzen musste.

Boa-constructeura, der "Zuhausegeglaubte" überlegte just in diesem Moment, wie er sich der Kiste, in die er sich vom Baum aus hatte herunter fallen lassen, entledigen konnte. Soll heißen, er musste schnellstmöglich raus aus diesem, seinem Reisebehälter. Fix entschied er sich, für die seiner Ansicht nach einfachste und zugleich cleverste Lösung. Er schubste sein "selbst ausgesuchtes Gefängnis" einfach um, und entfloh danach in seine "schwer" errungene Freiheit.

Als nächstes mussten seine, von ihm auserkorenen Besitzer, wieder gefunden werden. Demzufolge wurden die Augen und alle anderen Sinne aufgesperrt und schon konnte die Suche nach Ann und Jeremias beginnen.

Die Geschäftigkeit und das rege Tun hier im Hafen, welche sich durch die Ankunft und Abfahrt der Schiffe ergaben, kamen Boa-constructeura sehr gelegen. Der ganze Trubel führte dazu, dass Boa-constructeura ungesehen, auf Schleichwegen, an das am nächsten liegende Schiff heranschleichen konnte. Dort angekommen, dauerte es nur noch wenige Minuten, bis er Ann, Jeremias und die Camp Crew erspähte, als diese ihr Schiff bestiegen. Eine erneute Bestätigung, dass sich Boa-constructeura als echte Glücksschlange betrachten konnte. Er hatte rein "zufällig" und gleich auf Anhieb das richtige Schiff gefunden. Zum Ausruhen war dennoch keine Zeit, aber da das Schiff nun gefunden war, würde sich alles Weitere bestimmt ergeben. Und tatsächlich, schon nach ein paar weiteren Minuten hatte sich unsere Glücksschlange einen Weg durch abgestellte Container und Kisten hindurch, abgelegene Treppen hinunter und wieder hinauf, und wieder hinunter schlängelnd, soweit gebahnt, dass sie in der hintersten Ecke des Vorratsraumes, ein Plätzchen zum Ausruhen fand. Hier war ein sichtlich gutes Versteck für die Überfahrt, dachte sich Boa-constructeura.

Völlig erledigt rollte er sich in dieser warmen Ecke zusammen und ruhte sich nun einfach nur noch von den erlebten Strapazen aus. Er schlief, und schlief und schlief. Von der Überfahrt und der Überquerung des Atlantiks wurde leider nicht viel bekannt. Es wurde nur überliefert, dass sich das Versteck von Boa-constructeura als äußerst dienlich erwiesen hatte. Dort war es wohltuend warm und durch die Abgeschiedenheit des Verstecks, es handelte sich um einen nicht mehr benützten kleinen, mit Brettern verschlagenen Bereich einer Abstellkammer, konnte man sich selbst als blinder Passagier durchaus sicher fühlen. Da Wasser und Lebensmittel aus der angrenzenden Vorratskammer schnell "organisiert" werden konnten, gestaltete sich diese Reise zu einer schönen und erholsamen Urlaubsreise für Boa-constructeura. Weniger entspannend war das Ganze für den Schiffskoch. Er sah sich nämlich ständig einem magischen Verschwinden seiner Vorräte gegenüber gestellt.

Hin und wieder und etwas zur Ruhe gekommen, wurde Boa-constructeura von Gefühlen, wie Wehmut, aber auch Zweifeln, die seine Entscheidung betrafen, überfallen. Das war aber meist nur für sehr kurze Zeit und schließlich siegten die aufkommende Abenteuerlust, die Neugier und die Freude auf Europa, in ihm. So verging die Zeit. Was Boa-constructeura während dieser unternommen hatte, blieb im Verborgenen.

Erst am Ende des ersten Reiseabschnitts gab es wieder von ihm zu berichten. Eines schönen Tages nämlich tauchte Boa-constructeura plötzlich und unangekündigt vor Ann und Jeremias auf. Diese hatten gerade einen Deckspaziergang unternommen und konnten gar nicht glauben, was sie da zu sehen bekamen. Denn gemütlich und völlig entspannt, schlängelte sich ihnen eine riesige Schlange auf dem Deckboden entgegen. Jeremias war so überrascht, dass sein sonnengebräuntes Gesicht vor freudiger Aufregung fast kirschrot anlief, als er Anns Schlange erkannte. Ann dagegen hatte kaum mehr Zeit zum kreidebleich werden, sondern fiel sofort in Ohnmacht, knickte also in sich zusammen und krachte dabei mit einem Plumps auf die Erde. Schade, auffangen konnte Jeremias sie leider nicht mehr. Da die Fallhöhe aber nicht groß war, hatte der Sturz auch keine Folgen. Sofort setzte sich Jeremias neben seine Frau auf die Erde, wo schlussendlich nach Anns Erwachen eine riesige Wiedersehensfreude auf allen Seiten ausbrach. Leichte Zweifel überkamen Boa-constructeura schon und deshalb dachte er sich jetzt auch, dass es noch ein weiter Weg sein würde, bis man ein leichtes Zusammenleben mit diesen Menschen bewerkstelligen konnte. Denn sehr phantasievoll waren sie offensichtlich nicht! Warum sonst diese Überraschung bei ihrem Wiedersehen????? Sie hätten ihre Schlange und deren Fähigkeiten eigentlich schon besser einschätzen müssen!!!!

Boa-constructeura wurde von seinen Eigentümern sehr gut behandelt, man hätte eher sagen müssen, völlig verwöhnt. Wie ein kleiner König wurde er umgarnt und hofiert. Der Gedanke, der Begriff der Königskobra wäre darauf zurück zu führen, lag nahe. Na ja, ganz so war es nicht, da es diesen ja schon früher gab und von einem anderen Zweig der Schlangenfamilie beansprucht wurde. Trotz des ganzen Aufwands waren Ann und Jeremias begeistert von ihrem neuen, phänomenalen Haustier! Doch nicht nur diese beiden wussten zu schätzen, welches Glück sie hatten. Auch Boa-constructeura war mit seinen Eigentümern mehr als zufrieden!! Nicht zuletzt, weil er aus Geschichten seiner Urwaldmitbewohner wusste, dass es Menschen gab, die nicht so fürsorglich mit ihren Tieren umgingen. Er hatte sogar gehört, dass einige seiner Artgenossen von unfreundlichen Menschen gefangen wurden und dass diese Tiere, nachdem sie verreist waren, nie mehr wieder gesehen wurden. Der Begriff „Lederwarenfabrik" fiel in diesem Zusammenhang des öfteren. Boa-constructeura verstand damals schon, dass er mit seinen Eigentümern einen Glückgriff getan hatte und diese Menschen nie an ihn und eine „Lederwarenfabrik" in einem Atemzug denken würden. Er wusste instinktiv und das bereits von der ersten Stunde an, um welch integere Charaktere es sich bei seinen Besitzern handelte. Es waren ehrenwerte Menschen und darüber war Boa-constructeura sehr, sehr froh!

Nach einigen weiteren Wochen der Atlantik Überquerung, während welcher Boa-constructeura nun im Terrarium und mit Reisepapieren, reisen durfte, beides hatten seine neuen Besitzer immer noch mit sich geführt, wurde der schon er-wähnte Zwischenstopp in Paris eingelegt.
Beim Verlassen des Schiffes kam es noch einmal zu einem kleinen Zwischenfall. Am "Schwarzen Brett" des Ozeanriesen hing nämlich ein weißes Blatt aus. Darauf war eine Zeichnung zu sehen, die sich niemand so richtig erklären konnte. Der Kapitän hatte deshalb die Idee gehabt, mit Hilfe eines Aus-hangs alle Passagiere, folglich auch die Crew Mitglieder, um Mithilfe zu bitten, um so zweckdienliche Hinweise zur Klä-rung des Sachverhalts auf der Zeichnung zu bekommen.
Auf der Zeichnung war folgendes zu sehen:
1. Ein Rechteck mit vielen Gegenständen darin. Letztere lagen kunterbunt durcheinander.
2. Ein Rechteck, indem die gleichen Gegenstände geordnet lagen. Nur ein paar Sachen fehlten hier.
3. Dann gab es am Rand der Zeichnung noch eine extra Auflis-tung der Gegenstände, die das zweite Rechteck vom ersten unterschied.
Die Auflistung enthielt folgende Gegenstände:
Einen kleinen Werkzeuggürtel, ein paar Nägel, einen Ham-mer, ein paar Schrauben, einen Schraubenzieher, einen Zoll-stock, einen Bleistift und einen Radiergummi.
Und ein Lineal war auch noch dabei.

Boa-constructeura konnte nicht recht nachvollziehen, weshalb dem Kapitän, nicht auf Anhieb klar war, was diese Zeichnung zu bedeuten hatte. Als sich nun herausstellte, dass nicht nur der Kapitän, sondern auch die Crew des Schiffes, genauso wie die Passagiere nicht fähig waren seine Botschaft zu verstehen, zweifelte er erneut an den geistigen Kapazitäten der Menschen. Worauf hatte er sich da nur eingelassen??

Boa-constructeura dachte, er hätte sich mehr als verständlich ausgedrückt. Die Zeichnung sollte nämlich aussagen, dass er eine sehr, sehr unordentlich eingeräumte Werkzeugkammer nach logischen Gesichtspunkten aufgeräumt hatte. Für diese Arbeit hatte er sich als Gegenleistung für seine Mühe ein paar Arbeitsgeräte aus dem Fundus mitgenommen. Also was konnte an diesem Sachverhalt nicht verstanden werden?????

Korrekterweise sollte noch erwähnt werden, dass er absichtlich etwas weniger Werkzeuge mitgenommen hatte, als ihm seiner Meinung nach zustanden. Wie er dachte, musste damit aber auch seine mit niemandem abgesprochene Art seiner Lebensmittelorganisation abgegolten sein. Wie lange es gedauert hatte, bis Boa-constructeuras Nachricht verstanden wurde, lässt sich im nachhinein leider nicht mehr feststellen. Dass Menschen mit großen intellektuellen Fähigkeiten, eventuell vielleicht mit Phantasie, ausgestattet sind, davon ging Boa-constructeura nach diesem Geschehen aber nicht mehr unbedingt aus.

Boa-constructeura war eine Persönlichkeit, die nicht nachtragend war und deshalb vergaß er recht schnell, inzwischen in Frankreich angekommen, wie sehr er am logischen Verstand der Menschen gezweifelt hatte.

Wie Boa-constructeura erfahren hatte, wollte sich Jeremias hier in Paris mit einem an Technik äußert interessierten Herrn, namens Pfeifel, treffen. Jeremias hatte nämlich einen Artikel in einer seiner Fachzeitschriften gelesen, in dem von einem bis dato noch nie da gewesenen Projekt, hier einem Turmbau mit gigantischen Ausmaßen, die Rede war. Daraufhin hatte sich Jeremias, seine Berufung zum Ingenieur bis in die Haarspitzen fühlend, begeistert mit besagtem Herrn Pfeifel in Verbindung gesetzt. Er musste einfach nachfragen, ob Hr. Pfeifel Zeit und Lust zu einem Treffen hätte. Dies war auch der primäre Grund, warum Ann, Jeremias und Boa-constructeura, letzterer immer noch in seinem Glaskasten wohnend, eine Unterbrechung ihrer Reise eingelegt hatten. Sie wollten für ein paar Tage in ein Pariser Hotel ziehen und es Jeremias so ermöglichen, jenen Herrn Pfeifel schnellstmöglich zu treffen. Dass genau zur gleichen Zeit eine große Schlangen-Ausstellung, während eines Serpentologen Treffens, an dem Ann nun wiederum teilnehmen wollte, in Paris stattfand, war ein echter Glücksfall für alle Beteiligten.

Dieses besagte Hotel hatte mit dem Slogan "Tiere sind herzlich willkommen" geworben. Folglich war das Verhalten der Empfangskraft, als ihr Blick, bei der Ankunft von Ann und Jeremias, schließlich auf den mitreisenden Boa-constructeura fiel, auffallend merkwürdig. Der Rezeptionist verdrehte nämlich zuerst kurz seine Augen, danach stieg gelbgrüne Farbe in seinem grübelnden Gesicht auf und schließlich kippte der Arme zur Seite, um danach einfach der Länge nach auf dem Boden liegen zu bleiben.

Nach einem etwas längerem Gespräch, welches zwischen dem Hotelmanager und Boa-constructeuras Besitzern geführt wurde, waren alle Schwierigkeiten beseitigt und die Schlangenbesitzer um eine beträchtliche Menge Geld ärmer. Machte nichts, das Wohlbefinden Boa-constructeuras war eben bedeutender!!!!! Jetzt gab es sogar besondere Häppchen auf der extra erstellten Speisekarte für den ungewöhnlichen Gast.

Da Ann und Jeremias ihren Boa-constructeura inzwischen schon ganz gut kannten und auf seine Zuverlässigkeit vertrauten, durfte Boa-constructeura hin und wieder kleine Ausflüge im Hotelzimmer unternehmen. Das war schon eine tolle Sache. Sich mal wieder so richtig ausstrecken und lang machen, ja, das war Entspannung pur, nach dieser, für ihn langen Reise. Heute ging er also wieder auf "Hotelzimmerinspektion" und nachdem er diese abgeschlossen hatte, legte er eine Pause ein und ließ sich neben Ann, die sich kurz auf den Boden gesetzt hatte, nieder. Die herumstehenden, bunten Gläser zogen sofort seine Aufmerksamkeit wie ein Magnet auf sich. "Was könnte man nur am besten mit diesen schönen Dingen machen?", ging es ihm durch den Kopf. Er überlegte kurz. Und schon fiel ihm etwas ein!!

Jeremias hatte das Treffen mit Herrn Pfeifel vor Aufregung kaum erwarten können. Für Jeremias, der Technikbegeisterung in Person, stellte das von Herrn Pfeifel angestrebte Projekt eine riesige Herausforderung dar und er hätte sich sehr, sehr gerne an diesem Bau beteiligt. Ja, Jeremias wollte diesen Turm unbedingt mitbauen. Seine eigenen Ideen passten perfekt für dieses Vorhaben! Deshalb hatte er sich ja auch zu dem Treffen mit Hr. Pfeifel entschlossen. Und tatsächlich, es sah so aus, als ob Jeremias Traum Wirklichkeit werden würde. Das Treffen fand statt. Und nicht nur das. Dieses Zusammenkommen verlief sehr, sehr harmonisch und zugleich äußerst produktiv für alle beteiligten. Beide Männer waren sich auf Anhieb sympathisch gewesen und hatten bereits nach kürzester

Zeit das Gefühl sich schon ein ganzes Leben lang zu kennen. So war es ein leichtes für sie, gemeinsam in eine Gedankenwelt der Technik eintauchen, die von der Mehrzahl der anderen Menschen noch nicht mal wahrgenommen wurde. Gesucht und gefunden, wie man so schön sagt. Ideen wurden ausgetauscht, es wurde diskutiert, debattiert, miteinander entwickelt, verbessert, Teile verworfen, wieder neu konstruiert, und so weiter, und so weiter........! Köpfe rauchten, Schweiß floss, einfach genial für beide! Ein paar kleinere technische Ungereimtheiten gab es zwar noch, aber beide Männer waren zuversichtlich diese Unklarheiten bald lösen zu können.

Als Jeremias, zurück von diesem sehr langen Treffen, wieder im Hotelzimmer angekommen war, stürmte er ganz begeistert auf seine Frau zu. "Stell dir das mal vor, Ann. Stell dir nur einmal vor!! Ich hatte eben eine Unterredung mit Herrn Pfeifel und ich bin mit ihm übereingekommen, dass ich ihn beim Bau des Turms unterstützen werde. Herrlich ist das. Findest du nicht auch??", sprudelte es aus Jeremias' Mund. Mit leuchtenden Augen, wie ein kleiner Junge der das ersehnte Weihnachtsgeschenk endlich in den Händen halten darf, stand er vor seiner Frau. "Aber natürlich, natürlich, mein Lieber. Ich freue mich so sehr für dich, Jeremias", wandte sich Ann an ihren Mann und nahm ihn dabei liebevoll in die Arme. Sie hatte seine Aufregung und Vorfreude selbstverständlich schon gleich als er das Hotelzimmer betreten hatte bemerkt. Außerdem kannte sie ihren Mann sehr gut und sie wusste auch, dass es für Jeremias nur deshalb technische Probleme gab, damit man sie lösen konnte. Ingenieur, Tüftler und "rationaler Utopist" in einer Person. Auch dafür liebte sie ihn. Jeremias hatte vom Treffen mit seinem Geistesverwandten einen Packen Unterlagen mit ins Hotelzimmer gebracht und diesen breitete er nun großflächig auf dem hoteleigenen Schreibtisch aus.

"Siehst du, hier", sagte Jeremias zu Ann und zeigte mit seinem Zeigefinger auf ein paar markierte Stellen in einer der mitgebrachten Skizzen. "Hier gibt es Probleme um die ich mich kümmern soll, nein vielmehr, darf. Meine Aufgabe ist es also, mir diese scheinbar unlösbaren Probleme, das sind echt „harte Nüsse", anzuschauen und sie dann im wahrsten Sinne des Wortes zu knacken. Ann, das ist alles so spannend!! Es kribbelt mir regelrecht in den Fingern und in meinem Kopf schießen die Ideen nur so hin und her!!". Damit war dieses Gespräch vorerst beendet.

Die kommenden Tage verbrachte Jeremias am Schreibtisch und war so in Gedanken versunken, dass er beinahe alles andere vergaß. Ann kannte ihren Mann, wie schon erwähnt, ja sehr gut und wusste wie er war, wenn er sich intensiv mit einer Sache auseinander setzte. Demzufolge lies sie ihn völlig in Ruhe und beschäftigte sich während dieser Zeit noch mehr mit ihrer großen Freude, nämlich mit Boa-constructeura. Die beiden kamen hervorragend miteinander aus. Jeden Tag ließen sie sich etwas neues einfallen. So saßen sie z. B. gemeinsam auf dem Boden des Hotelzimmers und schoben sich gegenseitig Gegenstände, unter anderem auch einen Ball, zu. Manchmal geschah es, dass Boa-constructeura es sich einfach zusammengerollt auf dem Boden gemütlich machte. Dann legte sich Ann, mit einem Kissen unter ihrem Kopf, neben ihren tierischen Freund und las, während ihre Schlange tief und ruhig schlief, in einem ihrer Bücher. Oder es wurde Musik gehört, was beiden unbeschreiblich viel Spaß machte.

Vom Erzählen dieser langen Geschichte war Boa-constrickdaa nun doch ganz schön müde geworden. Deshalb machte sie eine kurze Pause, entspannte sich etwas, streckte sich genüsslich und fragte dann ihre beiden Zuhörer: "Na, ihr zwei.

Denkt ihr nicht auch, dass wir das Geschichten erzählen für heute beenden sollten. Ich glaube, Fransen an meinem Mund zu spüren. Es heißt doch, dass man vom vielen sprechen Fransen am Mund bekommt". Nun lachten alle, weil jeder wusste, dass das nur ein Sprichwort war und natürlich nichts Derartiges passieren konnte. Trotzdem, die Vorstellung, Boa-constrickdaa mit Fransen am Mund, das müsste schon lustig aussehen. Maulipauli und Hyronimus hörten aber ganz schnell wieder auf mit ihrem Gelächter, da beide die Idee, vom Ende des Geschichtenerzählens, gar nicht prickelnd fanden. Ganz im Gegenteil. Man einigte sich darauf, das Erzählen nicht zu beenden, sondern nur eine etwas längere Pause zu machen. Bei dieser Gelegenheit warme Milch mit Honig zu trinken, war eine besonders gute Idee von Boa-constrickdaa. So waren alle zufrieden, vor allem Maulipauli und Hyronimus, weil es nun doch noch eine nächste Erzählrunde gab.

Na gut, ihr Nervensägen, dann also zurück zur Geschichte", meinte Boa-constrickdaa als die Milch getrunken war und der Mund beziehungsweise die ganze Schlange sich wieder etwas erholt hatten. Sie lächelte dabei ihre kleinen Zuhörer verschmitzt an, zwinkerte ihnen zu und schon ging es weiter.

"An besagtem Tag also, saßen Ann und Boa-constructeura wieder einmal gemütlich nebeneinander auf dem Boden ihres Hotelzimmers. Ann bestaunte mit großen Augen, welches Kunstwerk Boa-constructeura aus den schon erwähnten, bunten Gläsern, kreiert hatte. Er hatte zu Anns Erstaunen einen stabilen und zugleich faszinierend filigranen Turm aus Gläsern errichtet. Wie konnte so was denn möglich sein. Die Gläser hatten doch ganz unterschiedliche Größen. Von den Formen ganz zu schweigen!!! Wie konnte Boa-constructeura unter diesen Umständen nur eine solche Stabilität hinbekommen?

Wie war ihm so etwas gelungen??? Er konnte doch wohl kaum zaubern, oder?? Ann staunte wie so oft, über diese, ihre Schlange.

Da plötzlich stürmte Jeremias zu den beiden ins Zimmer, schleuderte seine Arbeitsunterlagen wütend auf den Tisch, um sich gleich daraufhin mit beiden Händen die Haare zu raufen. Ann dachte so für sich, dass sie wahrscheinlich gleich Zeugen werden würden, wie ihr Göttergatte die "Wände hoch" lief. Diese Vorstellung bereitete ihr höchstes Vergnügen und sie musste innerlich lachen. Selbstverständlich nahm sie sich fest zusammen und zeigte sich ihrem Mann gegenüber erst mal ganz ernst. Sie wollte ihren Jeremias doch nicht verletzen. Außerdem waren solche Ausbrüche bei ihrem Mann so selten, dass wenn sie geschahen, es schon seine Gründe haben muss-te. "Ann, du wirst es nicht glauben, ich stehe nur um Haarbrei-te vor der Lösung dieses Problems. Die Statik hm, die Statik", wiederholte er immer und immer wieder. "Die Lösung liegt mir schon beinahe auf der Zunge. Es kribbelt mir regelrecht in den Fingerspitzen. So als wollten meine Hände eigenständig nach einem Stift greifen, um die Lösung aufzuzeichnen. Mein Gespür sagt mir, ich müsste eigentlich "nur" noch zupacken. Aber ich komm' einfach nicht darauf", quälte sich Jeremias weiter und warf dabei einen so ärgerlichen Blick auf seine Entwürfe, dass man schon überrascht sein musste, wenn diese nicht gleich Feuer fingen. "Ich stehe so kurz vor der Lösung und sie fällt mir einfach nicht ein. Was meinst du, Ann, wollen wir vielleicht einen Spaziergang an der frischen Luft machen, damit ich wieder einen klaren Kopf bekomme?". "Unter Um-ständen hilft mir das", fügte er im hilflosen Ton hinzu. Trotz-dem ihm sein Gefühl und auch sein Kopf sagten, dranbleiben, unbedingt dranbleiben, nur so kommt man weiter, wusste er, wie schöpferisch und geradezu notwendig Pausen sind. Diese

Vorgehensweise hatte sich mehr als einmal als richtig heraus gestellt!!!!

"Das ist wahrhaftig eine hervorragende Idee. Komm wir machen uns gleich auf den Weg", antwortete Ann, " ich hol' nur schnell noch unsere Mäntel, falls es draußen kühl sein sollte". An Boa-constructeura gewandt meinte sie liebevoll: "Und du, mein Süßer, spielst bitte hier im Zimmer weiter. Wir kommen bestimmt bald wieder zurück. Du musst nicht lange alleine bleiben. Mach bitte keinen Unsinn und bleib' auf jeden Fall im Zimmer", dabei streichelte sie ihrer Schlange zärtlich über den Kopf. Boa-constructeura wusste zwar, was Ann meinte, aber es stellte sich schon die Frage, welcher Unsinn denn da gemeint sein könnte????? Er und Unsinn, hatte man schon mal Menschen am Himmel spazieren gehen gesehen??? Genauso wenig konnte er Unsinn machen. Das war Boa-constructeuras ernst gemeinte und unumstößliche Meinung zu diesem Thema.

Als nun doch geraume Zeit vergangen war, seit Ann und Jeremias den Raum verlassen hatten und Boa-constructeura die Gläser zum x-ten Male neu angeordnet hatte, wurde es ihm ernstlich langweilig. Gähnende Langeweile machte sich in ihm breit! Aber nicht sehr lange. Auf der Suche nach einer neuen Beschäftigung ließ er seine Blicke langsam im Zimmer umherwandern. Und plötzlich, oh, ja, das war es!! Das sah erstaunlich interessant aus. Jeremias' Unterlagen stachen der bis dahin routinegeplagten Schlange förmlich in die Augen.

Langsam, sachte, schlängelte er sich über den Boden in Richtung Tisch, glitt flugs am Tischbein hoch und hatte deshalb die Skizzen, die auf der Tischplatte lagen, nun direkt vor seiner Nase. Jetzt stupste er die einzelnen Blätter an, um so die Zeichnungen besser erkennen zu können. "Interessant, äußerst interessant", sagte die Schlange zu sich selbst und vergrub sich immer tiefer und tiefer in die Aufzeichnungen. "Irgendetwas stimmt mit diesen Skizzen doch nicht. Wenn ich meine Gläser oder meine anderen Sachen so aufstapeln würde, müssten die nach kürzester Zeit wieder umfallen. Ich hole mir gleich mal einen Stift und zeichne die Dinge richtig ein. Jeremias ist bestimmt sehr froh, wenn er dann auch einen Turm hat, der stehen bleibt und nicht umfällt", grübelte Boa-constructeura weiter.

Gesagt, getan. Ein Stift wurde gleich gefunden und nach ein paar kleinen, aber wichtigen Änderungen, passte die Statik und auch der Rest des Turms, was Boa-constructeura sichtlich zufrieden mit sich und der Lösung des Statikproblems stimmte. "Bestimmt wird sich Jeremias freuen, wenn er seine Pläne so überarbeitet entdeckt. Allerdings, wenn ich genau darüber nachdenke, glaube ich, es ist besser, wenn er nicht weiß, dass ich das mit der Verbesserung war. Vielleicht denkt er sogar, er hätte die Lösung selbst schon gefunden gehabt und nur wieder vergessen, dass er das Problem doch schon gelöst hat. Und ich freue mich nicht nur für Jeremias, der jetzt einen ordentlichen Turm hat, nein, ich freue mich auf jeden Fall auch für mich, weil ich heute meinem Namen wieder mal alle Ehre gemacht habe. Ich bin eben eine echte Boa-constructeura! Es ist doch schön, wenn man so ein kluges Köpfchen hat, da kann man recht froh darüber sein. Hm, freuen ja, das ist gut, nur eingebildet sollte man trotzdem auf keinen Fall deswegen werden. Nichtsdestotrotz, ein Leben als weniger kluges Tier wäre wahrscheinlich schon wesentlich uninteressanter!". Das waren die freudigen Gedanken dieser glücklichen Schlange.

Ja, Boa-constructeura empfand sein Leben längst als beinahe perfekt. Aber eben nur beinahe. All diese schönen Dinge, die er die letzten Monate hatte erleben dürfen, wie z. B. die abenteuerliche Schiffsreise oder das Glück, diese beiden lieben

Menschen kennenlernen zu können. Ganz abgesehen davon, dass er jetzt sogar noch bei ihnen leben durfte und dort immer wohlbehütet war. So viele Möglichkeiten haben sich ihm durch seine neuen Freunde geboten. Und noch vieles mehr gäbe es anzuführen, für das er sehr, sehr dankbar war. Dennoch blieb da noch seine große Sehnsucht, gegen die er bislang nichts hatte unternehmen können. Hin und wieder überkam sie ihn, diese schier unendliche Wehmut, die ihm dann belastend aufs Gemüt schlug. Deshalb war es nun an der Zeit für ihn, sich zu überlegen, wie alles weiter gehen sollte. Sicherlich konnte er sich ein Leben ohne Jeremias und Ann gar nicht mehr vorstellen. Und er wollte das auch nicht. Er wollte sein Leben mit den beiden verbringen. Andererseits konnte er diese, seiner Ansicht nach, mystisch schöne Stimme nicht vergessen. Diese brillante Stimme war doch der Auslöser für seine Auswanderung. Anfangs wollte er doch nur wegen dieser Stimme, und natürlich der dazu gehörigen Schlange, nach Europa reisen. Nun war er in Europa und wo war bitte die Schlange, die er gesucht hatte. Offensichtlich war Europa doch größer als er dachte. Es war sogar sehr groß, was sich nun als Schwierigkeit erwies. Doch wie so oft im Leben, wenn man sich etwas ganz, ganz stark wünscht, und fest an die Wunscherfüllung glaubt, genau dann passieren die scheinbaren Wunder.

Und nun also geschah der zweite Teil dieser Zauberei. Jeremias hatte zwischenzeitlich nämlich durchaus bemerkt, dass sich seine Unterlagen verändert hatten beziehungsweise verändert worden waren. Erst konnte er es überhaupt nicht glauben. Es gab Änderungen an seinen Aufzeichnungen, von denen er überhaupt nicht mehr wusste, sie vorgenommen zu haben. Schließlich, nach intensiver Überlegung, kam er dann doch zu der Überzeugung, diese Modifikationen selber vorgenommen zu haben. Erinnern daran konnte er sich zwar nicht mehr, aber wie sonst sollte es gewesen sein. Offensichtlich hatte er in der letzten Zeit zu viele Dinge gleichzeitig im Kopf gehabt und das Ergebnis davon war leider, dass er sogar sehr Wichtiges scheinbar vergessen hatte. Boa-constructeura hatte sicherlich nicht die Absicht gehabt, Jeremias dazu zu veranlassen an sich oder seinem Geisteszustand zu zweifeln. Ein Umstand, der ihm in der jetzigen Situation aber wenig hilfreich war.

"Du Ann, weißt du was von den neuesten Veränderungen in meinen Unterlagen? Habe ich dir davon etwas erzählt? Ich weiß nicht mehr wann ich die gemacht haben soll. Ist die Ursache für diese Vergesslichkeit vielleicht der Stress der langen Reise? Bin ich davon einfach so erschöpft, dass ich jetzt Gedächtnislücken habe und krank geworden bin? Womöglich fehlt es mir tatsächlich im Kopf?" Sichtlich besorgt und mit wehmütigem Blick wandte sich Jeremias mit diesen Aussagen an seine Ehefrau. Ann kannte natürlich auch diese Seite an ihrem Ehemann sehr gut und wusste, dass er manchmal kurzzeitig zu Übertreibungen neigte. Aber eben Gott sei es gedankt, nur kurzfristig!

"Aber nein, mein Liebling, ich bin mir sicher, du bist ganz gesund.", meinte Ann besänftigend und fuhr fort, "Sorge dich also nicht weiter. Merkwürdig ist es aber durchaus, dass diese Änderungen, eigentlich die Lösung deiner Probleme, so offensichtlich waren und sie dir trotzdem so lange nicht eingefallen sind. Manchmal sieht man den Wald vor lauter Bäumen nicht. Und plötzlich, wie durch Zauberhand haben sich die Schwierigkeiten in Luft aufgelöst. Weil aber außer uns beiden niemand im Zimmer war und besagtes Zimmer sogar abgeschlossen wurde, musst du es doch gewesen sein. Ich war es bestimmt nicht. Von solchen Dingen habe ich nämlich keine

Ahnung". "Eigentlich richtig und doch wieder nicht. Denn es war noch jemand im Zimmer. Diesen Jemand hast du scheinbar vergessen", entgegnete Jeremias. Wie gebannt, stierten beide auf die vor ihnen liegende Schlange.

Nachdem sie den zusammengerollt auf der Erde liegenden und sanft vor sich hin schlummernden Boa-constructeura gemustert hatten, wanderten ihre Blicke weiter und blieben an dem neuesten, von der Schlange gebauten, Kunstwerk haften. Das konnte es doch gar nicht geben, ein Zufall war das bestimmt auch nicht. Fassungslos bestaunten sie Boa-constructeuras neuestes Werk. Es war ein Turm und zwar ein Turm dessen Ähnlichkeit mit Jeremies' verbesserten Skizzen frappant war.

Ann und Jeremias trauten ihren Augen kaum, kamen aus dem Staunen nicht mehr heraus, mussten sich schließlich setzen und nach Luft schnappen.

Als sich Ann und Jeremias wieder erholt hatten, was schon einige Tage dauerte, denn die Erkenntnis, dass sie wohl Besitzer einer x-mal mehr als ungewöhnlichen Schlange waren zu verdauen, kostete eben seine Zeit, kehrte nach und nach wieder etwas Normalität in ihrem Alltag ein.

Dem Leser, wie auch dem Hörer dieser Geschichte hat sich damit eines der am besten gehüteten Geheimnisse offenbart, nämlich dass der Turm des Herrn Pfeifel in Wahrheit zwei, na ja eigentlich doch drei Schöpfer hatte. Hier anzuführen sind natürlich Hr. Pfeifel mit seiner rechten Hand Jeremias, einschließlich der im geheimen agierenden Boa-constructeura!!

Übrigens, Boa-constructeura hatte seine Aufgabe so prima erledigt, dass es besagten Turm noch heute gibt. Da er so wunderschön und äußerst stabil geworden war, wurde er über die Grenzen von Paris hinaus weltweit berühmt. Und er steht dank der Fähigkeiten bestimmter Persönlichkeiten immer noch!! Das hatte Boa-constructeura wirklich gut hin bekommen.

Vor ihrer Abreise nach Hause hatte Ann nun nur noch das Serpentologen Treffen, an dem sie unbedingt teilnehmen wollte, auf ihrer Liste der zu erledigenden Dinge stehen. Dieser Besuch war ja schon lange geplant und Ann freute sich riesig darauf, endlich mal wieder mit Kollegen fachsimpeln zu können.

Heute also, einen Tag vor der geplanten Veranstaltung, war laut neuester Information sogar noch einmal ein Termin für eine Radioübertragung, in der Schlangen das Diskussionsthema waren, angesetzt. Kurz vor Beginn der Sendung setzte sich Ann neben das Radio und schaltete dieses ein. Boa-constructeura lag, wie so oft, zu Anns Füßen und döste ein wenig vor sich hin. Doch plötzlich, am Ende des ersten Beitrags, schnellte Boa-constructeura in die Höhe, landete krachend auf Anns Sessellehne und war total aus dem Häuschen. Er zischte vor Freude was das Zeug hielt und war gänzlich außer sich. Da! Da! Da war sie wieder, diese Stimme, die Stimme seiner Auserwählten. Ann kapierte sofort!!! Was daraufhin folgte, hier kurz in Stichpunkten:

Ann telefonierte natürlich sofort mit dem Sender.

Es stellte sich heraus, denn Ann hatte nicht nur den Sender, sondern auch gleich danach den Besitzer der gesuchten Schlange, einen Mister McIcestone, angerufen, dass eben dieser mit der gesuchten Schlange, genauso wie Ann, am Serpentologen Kongress teilnehmen würde.

Ann und Boa-constructeura, letzterer wurde vorher behutsam eingepackt und auf eine Sackkarre gebettet, suchten nun gemeinsam und auf dem schnellsten Weg den Serpentologen

Kongress auf. Ihre Ankunft im Konferenzsaal löste sichtlich großes Aufsehen unter den Teilnehmern aus. Natürlich hatten die dort Anwesenden alle schon sehr viel mit Schlangen zu tun gehabt, es waren ja überwiegend Schlangenkenner und -liebhaber beim Treffen, aber eine Schlange, die auf einer Sackkarre von einer tatkräftigen, jungen Frau durch die Gegend geschoben wurde, gab es dann doch nicht sehr häufig. Ann machte sich sofort auf die Suche nach Mister McIcestone. Sie schaute noch suchend im Raum umher, als plötzlich aus der Mitte des Saals ein kleiner, stämmiger Mann mit feuerrotem, wallenden Haar und rotem Bart, winkend auf sie zulief. "Hallo, sie müssen Mrs. McMiller sein. Wir haben miteinander telefoniert. Sie wollten doch meine Boa-consopranatora kennenlernen. Ich habe meinen Augapfel, so nenne ich meine Boa-consopranatora manchmal, natürlich gleich mitgebracht. Schauen sie nur, das da ist mein Prachtstück", sprudelte es aus Mr. McIcestones Mund und er zeigte dabei mit vor Begeisterung geröteten Wangen auf eine Schlange, die unmittelbar hinter ihm in einem Terrarium lag und sich genüsslich räkelte. Nachdem sich Ann und Mr. McIcestone herzlich begrüßt und die Hände geschüttelt hatten, kam Ann auch gleich zur Sache. "Lieber Mister McIcestone, wie sie sicherlich schon bemerkt haben, bin ich sehr an ihrer Boa-consopranatora interessiert. Sie müssen nämlich wissen, dass unsere Schlange hier, Boa-constructeura, sich in die liebreizende Stimme ihrer Schlange verliebt hat. Er hat sie zufällig im Radio gehört. Immer wenn unsere Schlange der Stimme ihrer Schlange lauschen konnte, war unser Schatz vor Freude außer sich und völlig aus dem Häuschen. Und da unsere Schlange eine ganz besondere Persönlichkeit ist, haben wir uns dazu entschlossen, die Eigentümerin dieser anmutigen Stimme ausfindig zu machen". Objektiv betrachtet war es schon so, dass es eigentlich einzig und alleine Boa-constructeura war, dem diese Anmut in der Stimme seiner Angebeteten auffiel. Aber das alleine reichte ja schon. Jetzt erst sahen sich Ann und Mr. McIcestone nach ihren beiden Schlangen um. Und nun, wieder so etwas, was eher unwahrscheinlich, aber doch geschehen war.

Boa-constructeura hatte offensichtlich durch die Luftschlitze, die sich in Boa-consopranatoras Terrarium befanden, deren liebliche Stimme vernommen. Sofort, erneut vollends verzückt, hatte er sich auch gleich auf den Weg zu ihr gemacht. Augenscheinlich lagen die beiden tatsächlich auf einer Wellenlänge, denn seine Angebetete schien beträchtlich angetan von ihrem neuen Verehrer zu sein. Dafür sprach der schmachtende Blick, den sie ihm zuwarf als er sich dazu entschlossen hatte, sich zu seiner großen Liebe in deren Terrarium zu gesellen. Wie schon bekannt, für Boa-constructeura gab es nichts, wo er nicht hinein oder heraus hätte kommen können. Und er war ein Schlangenmann der Tat!! Da wurde nichts lange aufgeschoben. Das Ergebnis dieser Aktion war, dass sich Mr. McIcestone angesichts dieser ganzen Sachlage einen Ruck gab und eine Umsiedelung seiner Boa-consopranatora, zu deren Wohl, nun doch ernsthaft in Erwägung zog.

Wie nicht anders zu erwarten waren die beiden Schlangen sofort ein Herz und eine Seele. Eben Liebe auf den ersten Blick! So etwas soll es doch bei den Menschen geben, warum also nicht auch bei Schlangen??

Da auch Mr. McIcestone ein echter Tierfreund war und nur das Beste für seine Schlange wollte, genauso wie die McMillers, einigte man sich schnell und Mr. McIcestone war schweren Herzens damit einverstanden, Boa-consopranatora in die "Hände" Boa-constructeuras zu übergeben. Nach telefonischer Rücksprache mit Jeremias, kam Ann am Abend mit einer Sackkarre inklusive zweier Schlangen zurück ins Hotel.

Ann und Jeremias waren sich sicher, dass die beiden Schlangen in ihrem Haus in Yorkshire sehr glücklich sein würden. Genauso, wie sie beide auch!!!

Nun ging wieder einmal alles Schlag auf Schlag. Im Hotel, wurde die baldige Abreise vorbereitet. Die Zimmer gekündigt, die Koffer gepackt und schließlich beide Schlangen "eingepackt". Boa-constructeura hatte sogar daran gedacht, das Päckchen mit dem hübschen Staub, den er bei Anns Rettung gefunden und die ganze Zeit über sorgfältig aufgehoben hatte, auch wieder mitzunehmen. Das war sehr klug so!!!

Bei der Abreise der "Familie McMiller", flossen etliche Tränen. "Das ist schon sehr merkwürdig mit diesen Menschen. Als wir angekommen sind, haben sie beinahe geweint, wenn Sie, mir mein Essen bringen mussten, und nun wo wir wieder wegfahren weinen sie auch wieder! Merkwürdig, äußerst merkwürdig ist das", meinte Boa-constructeura an Boa-consopranatora gewandt. Doch so merkwürdig war das gar nicht. Denn anfangs hatten alle Hotelangestellten mächtig Angst vor einer so großen Schlange und keiner wollte ihr zu essen bringen.

Doch schließlich, als sich herausstellte, dass Boa-constructeura des öfteren defekte Geräte für eben erwähnte Hotelangestellte kostenlos reparierte und dabei immer sehr charmant auftrat, hatte sich dieses Blatt schon sehr gewendet. Nun wurden wegen der Abreise von Boa-constructeura Tränen vergossen.

Spätere Erzählungen besagen, dass die beiden Schlangen, einschließlich ihrer Besitzer natürlich, ein wirklich amüsantes und fröhliches Leben in einem Haus, an der vor Schönheit strotzenden Küste Yorkshires, verbrachten. Neben dem immer interessanten und abwechslungsreichen Familienleben der vier, entwarf Jeremias, manchmal mit Boa-constructeuras

Hilfe, weiterhin technische Pläne für Bauten und Gegenstände aller Art.

Boa-consopranatora erfreute sich selbst und ihre gesamte Umgebung, nicht immer zur Freude aller Beteiligten, so oft sich ihr die Gelegenheit bot, mit ihren lyrisch-mystischen "Gesängen".

Und Ann war wieder damit beschäftigt sich ihrem Beruf, also dem Studium von Schlangen, nun insbesondere den hauseigenen, zu betätigen. Neu war, dass sie ihre Freude am stricken entdeckte. Dies nahm Boa-constructeura auch gleich zum Anlass, um zusammen mit Jeremias eine Strickmaschine zu entwickeln. Da letztere sich als sehr praktisch für den Alltag erwies, wurden diese Strickmaschine und die Pläne dazu später von Schlangengeneration zu Schlangengeneration weiter gegeben.

Fast am Ende dieser Geschichte über meinen Urururopi sollte nur noch erwähnt werden, dass dieser das Säckchen mit dem hübschen Staub und den kleinen Steinchen, seinen McMillers schenkte. Da wurden große Augen gemacht!!! Denn es hatte sich schlussendlich herausgestellt, dass es sich beim Inhalt des Beutelchens um eine ganze Menge Goldstaub, inklusive ein paar wunderschönen Edelsteinchen, handelte!!!

Über die weitere Familiengeschichte ist kaum etwas bekannt. Wie überliefert wurde, hatten Boa-consopranatora und Boa-constructeura drei Schlangenkinder. Die nachfolgenden zwei Generationen hatten ebenfalls jeweils drei Kinder. Eines der Kinder der dritten Generation bin nun ich, eure Boa-constrickdaa". Damit schloss Boa-constrickdaa ihre Ausführungen nun endgültig für diesen Tag.

Für manch einen ist der Ausgang dieser Geschichte vielleicht etwas märchenhaft oder nicht ganz glaubwürdig, für andere wiederum, unter gewissen Umständen natürlich, eher wahr. Wünschenswert ist er alle mal. Oder?

Band II

„Der große Auftritt", Boa-constrickdaas beste Freundin, "Boa-conhäkelda".

Jetzt, drei Generationen später und wieder zurück in Boa-constrickdaas Wohnzimmer ist es an der Zeit, dass alle Beteiligten den Realitäten, sprich der immer noch kaputten Türe, wieder ins Auge sehen.

Boa-constrickdaa ergriff als erste das Wort. "Nun ihr kleinen Rabauken, seit ihr jetzt endlich zufrieden. Ich bin jedenfalls am Ende mit der Geschichte über meinen Urururgroßvater. Und um ganz ehrlich zu sein, ich bin doch ziemlich müde vom vielen, vielen Sprechen. Ich mache euch einen Vorschlag: Maulipauli, du hast versprochen die defekte Türe wieder zu reparieren und ich denke Hyronimus wird dich dabei sicherlich tatkräftig unterstützen. Wir machen das jetzt folgendermaßen: Ihr beiden kommt morgen einfach wieder zu mir hierher, repariert die Türe, und wenn ihr dann noch Zeit und Lust habt, gönnen wir uns noch einmal so eine schöne Zeit wie heute. Da Arbeiten natürlich Hunger macht, werde ich ein paar Kleinigkeiten für euch vorbereiten. Seit ihr mit meinem Vorschlag einverstanden?".

Nachdem Maulipauli wieder an sein Werk mit der beschädigten Türe erinnert wurde, überkam ihn erneut ein Gefühl von Scham. Schön fand er dieses Gefühl nicht! Aber da er den Schaden nicht nur wieder gut machen wollte, sondern das ja auch konnte, war die ganze Situation nur halb so schlimm.

Reparieren musste und wollte er die Türe ohnehin. Außerdem hatte er in Hyronimus einen fleißigen Helfer. Und die Aussicht

auf ein paar kleine, wie er Boa-constrickdaa kannte, eher größere und bestimmt sehr, sehr schmackhafte Häppchen, ent-
zückte ihn sehr. Deshalb gab er auch, gleich als er seine Überlegungen abgeschlossen und Rücksprache mit Hyronimus
gehalten hatte, freudig und mit strahlenden Äuglein Antwort:
„Vielen Dank! Ich, hm ich meine wir, nehmen deine Einladung
sehr erfreut an". Über das förmliche Verhalten des kleinen
Katers musste Boa-constrickdaa herzlich lachen.
Boa-constrickdaa brachte ihre kleinen Freunde zur Tür, die
nun keine Tür mehr war, verabschiedete sich innig von den
beiden und hatte jetzt wieder Zeit ein bisschen ihren Gedanken freien Lauf zu lassen. „Heute war trotz, oder vielleicht
gerade wegen, Maulipaulis kleinem Missgeschick ein wun-
dervoller Tag gewesen. Hyronimus, der niedliche Kerl und
tollkühne Kämpfer, ist auch herzallerliebst", dachte
Boa-constrickdaa bei sich und ließ den Tag nochmals gedanklich in ihrem Kopf vorüber ziehen. Sie holte sich ein Glas
Milch, machte es sich in ihrem Schaukelstuhl so richtig gemütlich und es dauerte überhaupt nicht lange, bis sie eingenickt
war.

Und genauso wenig lang dauerte es bis plötzlich und als hätte
es heute nicht schon genug Aufregungen gegeben, der nächste
Schrecken auf sie zukam. Was für ein Tag!! Ein erneutes, lautes
Gepolter war zu hören gewesen. Merkwürdigerweise kamen
ihr diese Geräusche bekannt vor. Ob bekannt oder unbekannt,
dieser Aspekt war eindeutig zweitrangig. Wach war
Boa-constrickdaa auf jeden Fall schnell wieder. Nachdem ein
paar Minuten vergangen waren, hörte sie knisternde Töne, so
als ob sich etwas oder jemand auf dem Waldboden vor ihrem
Haus dahinschlängeln würde. Die Laute wurden immer deut-
licher hörbar, bis schließlich die dicke Decke, die ja momentan

die Eingangstüre ersetzte, behutsam zur Seite geschoben wurde. Langsam erschien erst eine Nase, gefolgt von zwei Augen. Es dauerte gar nicht lange bis der ganze Kopf und der dazugehörige Rest der Schlange zu sehen waren. Bedächtig und vorsichtig hatte das Tier die Decke beiseite geschoben und war auf Boa-constrickdaa zu geglitten.

„Hallo, halli hallo, meine Besteste", rief der Gast etwas übertrieben fröhlich und betont heiter. „Bitte entschuldige den Lärm, den ich eben gemacht habe. Als ich vorhin aus dem Haus gekrochen bin, habe ich dummerweise nicht sehr gut aufgepasst und bin deshalb plötzlich, also ganz ohne Anlass, ausgerutscht. Ich hoffe, du hast dich wegen mir nicht allzu sehr erschrocken", bemerkte der Neuankömmling mit einem schüchternen Blick auf Boa-constrickdaa. „Aber nein, meine Liebste", meinte Boa-constrickdaa nun an ihre Freundin gewandt. „Komm, setz dich zu mir und erzähl mir ganz genau, was dir passiert ist". Gedanklich hatte Boa-constrickdaa ein "wieder" vor das passiert ist gesetzt.

Was geschehen war, konnte sich Boa-constrickdaa nämlich schon denken, zum Teil wenigstens. Boa-conhäkelda war schließlich ihre älteste und zugleich, liebste Freundin. Jemand, auf den man sich felsenfest verlassen konnte! Die beiden kannten sich schon sehr lange und sehr gut. Im Gegensatz zu Boa-constrickdaa hatte Boa-conhäkelda es vorgezogen, nicht in einer Höhle in der Erde, sondern auf einem großen Baum, ganz in der Nähe, zu wohnen. Üblicherweise lebten eher junge Schlangen auf Bäumen. Die nicht mehr ganz so jungen ziehen in der Regel Erdhöhlen oder sonstige Behausungen auf dem Boden, beziehungsweise im Boden, vor. Nicht so Boa-conhäkelda. Sie blieb trotz ihres Alters auf ihrem Baum wohnen. Nicht einmal ihre Sehschwäche, eine Tatsache, die sie sich selbst meist nicht eingestehen wollte oder gar ihre lästige Höhenangst, konnten sie daran hindern, dort wohnen zu bleiben. Aber genau dieser Umstand, gepaart mit geringfügigen persönlichen Schwächen, führte dann manchmal zu einem kleineren oder auch etwas größeren Debakel.

Wie sich herausstellte, wollte Boa-conhäkelda heute, wie so oft, eben erwähnte Sehschwäche wieder einmal verbergen. Deshalb hatte sie beim Verlassen ihres Baumhauses ihre Brille absichtlich "vergessen" und diese zu Hause im Regal liegengelassen. Ihre Höhenangst hatte Boa-conhäkelda in der Regel sehr gut im Griff. Aber eben nur in der Regel. Denn wenn sie unter einem Anflug von Eitelkeit zu leiden hatte und zu stolz war, um ihre Brille aufzusetzen, konnte es leicht passieren, dass sie ihre Umwelt nicht mehr richtig scharf erkennen konnte. Daraus entwickelte sich dann eine gewisse Unsicherheit. Und diese führte schlussendlich des öfteren dazu, dass auch ihrer Höhenangst Tür und Tor geöffnet wurden. Und schon nahm das Verhängnis seinen Lauf. Denn, wie so oft in diesen Fällen, übersah Boa-conhäkelda auch heute beim Verlassen ihres Heimes die extra für sie hergestellte Strickleiter, trat neben diese, purzelte an ihr vorbei und plumpste schließlich lautstark auf den Waldboden. Das gab immer einen Krach!!!

Natürlich waren Boa-conhäkelda solche Stürze äußerst unangenehm und sie schämte sich deshalb mächtig. Hinzu kam die Flunkerei, die ihr selbst mehr als missfiel. "Man darf nicht lügen" war einer ihrer Grundsätze! Doch schämen war eben auch ein sehr doofes Gefühl. Die Wahrheit sagen und sich schämen oder doch besser lügen, um sich keine Blöße zu geben? Boa-conhäkelda kam zu dem Entschluss, sich selbst treu zu bleiben und doch besser nicht zu flunkern. Die Unwahrheit sagen bringt immer nur weitere Verwicklungen und Schwierigkeiten. Außerdem ist Lügen unter Freunden ein Vertrauensbruch. Gerade Freunde sollten einen doch dafür mögen wie man ist und nicht dafür, wie man denkt sein zu müssen. All diese Gedanken gingen Boa-conhäkelda durch den Kopf, als sie sich zu ihrer Freundin an den Tisch setzte, genauer gesagt legte.

„Duuu, Boa-constrickdaa, ich muss dir etwas erzählen", begann Boa-conhäkelda, peinlich berührt, das Gespräch. Und gleich darauf noch eindringlicher: "Duuuu, Boa-constrickdaa, ich muss dir wirklich etwas wichtiges gestehen. Ich habe dich.................", wollte Boa-conhäkelda gerade mit ihrem Geständnis fortfahren, als sie plötzlich einem leichten Stoß in ihrer Seite spürte. Ihre Freundin hatte ihr auf diese Art und Weise deutlich zu verstehen gegeben, dass sie keinerlei Erklärungen erwartete. Boa-constrickdaa hatte längst bemerkt, wie zuwider ihrer Freundin deren Notlüge gewesen war. Deswegen wollte Boa-constrickdaa Boa-conhäkelda auch nicht länger leiden lassen. Boa-constrickdaa legte also ihre Schwanzspitze liebevoll auf die ihrer Freundin und meinte nur, "schon gut, schon gut, ich kann mir denken, was los gewesen ist. Lass uns bitte über etwas anderes sprechen".

Über diese verständnisvollen Worte ihrer Freundin freute sich Boa-conhäkelda aufrichtig. An dieser Stelle bietet es sich an, Boa-conhäkelda etwas näher zu beschreiben:

Boa-conhäkelda war, genauso wie Boa-constrickdaa, eine sehr ansehnliche Schlange. Sie war zwar etwas kleiner und auch etwas älter als ihre Freundin, nichtsdestotrotz war auch sie wunderschön. Goldfarbene Kreise zierten ihren etwas rundlichen, hellbraunen Schlangenkörper, der wie Taft im Sonnenlicht, in den verschiedenen Brauntönen schimmerte. Wie nicht schwer an ihrem Namen erkennbar, war sie ein Liebhaber und Verfechter der althergebrachten Häkelkunst. Boa-conhäkelda trug ausschließlich selbst gehäkelte Kleidung. Diese verzierte sie am liebsten mit Glitzersteinchen. Auf ein stets gepflegtes Äußeres legte sie schon immer außergewöhnlich viel Wert. Sich mit schönen Dingen zu umgeben, diese zu pflegen und sich daran zu erfreuen, ja, das empfand diese Schlange als ihren persönlichen Luxus. Heute zum Beispiel trägt sie ein altrosafarbenes, leicht schief positioniertes Barett, das mit zwei runden Glitzersteinen verziert ist, ein braunes Halstuch und ein „Schwanzspitzen-Hütchen". Letzteres dient primär als modisches Accessoire, welches Boa-conhäkelda als äußerst elegant, stilvoll und chic erachtet. Ihrer Meinung nach war das "Schwanzspitzen-Hütchen" der letzte Schrei in Sachen Schlangenmode und sie war kolossal stolz darauf. Sprach man sie jedoch darauf an, so gab sie meist etwas beschämt zur Antwort, das Schwanzspitzen-Hütchen würde von ihr vor allem zum Schutz der Schwanzspitze getragen werden. Schon komisch, einerseits freute sie sich aufrichtig an ihrem Schwanzspitzen-Hütchen, hatte aber andererseits Sorge, deswegen als überhebliche Schlange, also eine die nur mit ihrem Eigentum prahlen möchte, zu gelten. Sie kannte nämlich jemanden, von dem man hätte denken können, er, in diesem Fall er und sie, hätten die Angeberei erfunden. Das war ihr ein warnendes Beispiel. Boa-conhäkelda wollte keinen solchen Eindruck hinterlassen. Noch weniger wollte sie je so sein. Dazu besser später mehr. Und nun noch eine kleine, aber durchaus erwähnungsbedürftige Eigenart, die Boa-conhäkelda auszeichnet und von der hier berichtet werden muss.

Es geht dabei um ihren "Krönchen-Tick". Irgendwann einmal hatte Boa-conhäkelda im Wald eine hübsche, kleine Krone gefunden. Woher diese kam, weiß niemand mehr so recht. Vielleicht war sie wahrlich schon so alt, dass sie von einem vor Jahrhunderten lebenden König stammte. Aber wie eben erwähnt, niemand weiß woher dieses Schmuckstück ursprünglich stammte. Boa-conhäkelda war das auch total egal. Sie hatte es gefunden und da sich kein anderer Besitzer zu erkennen gab, behielt sie die kleine Krone selbst. Sie freute sich so sehr über ihr neues Prunkstück, dass sie es so oft wie nur möglich trug. Trotzdem blieb sie stets eine recht bescheidene Schlange. Mit der Zeit nur, setzte sich immer mehr der Gedanke in ihrem Kopf fest, dass dieser Fund kein Zufall gewesen sein konnte. Sie, sie alleine hatte das Krönchen gefunden. Das musste doch seine Bedeutung haben. Nach längerer Überlegung kam sie zu der Erkenntnis, der Fund könne nur eines bedeuten. Nämlich, dass königliches Blut durch ihre Adern floss! Aber aus welchem Adelsgeschlecht würde sie wohl stammen? Nach erneuter, längerer Überlegung fiel es ihr wie Schuppen von den Augen. Sie war bestimmt der Nachkomme einer Königsboa!! Ja, so musste es sein. Hm, so hat eben jeder seine Schwächen! Nachdem sie ihre Umwelt mit dieser fixen Idee schon etliches an Nerven gekostet hatte, ging sie im Hinblick auf ein geselliges Zusammenleben mit den Waldbewohnern dazu über, ihre Kopfbedeckung doch wieder zu wechseln. So entschied sie sich dazu, lieber das schon erwähnte Barett aufzusetzen. Wenigstens irgendwas hübsches sollte man auf dem Kopf haben. Und der Nachkomme einer Königsboa konnte man ja trotzdem noch sein. Auch im Stillen.

„Boa-conhäkelda, dein Besuch heute passt mir gerade so richtig gut. Wärst du nicht vorbei gekommen, hätte ich dich morgen bestimmt angerufen. Ich wollte mit dir nämlich über unsere jungen Mitbewohner hier im Wald sprechen. Hast du ein Minütchen Zeit dafür?". Das heftige Nicken ihrer Freundin war eindeutig, also fuhr Boa-constrickdaa gleich fort: "Du kennst doch die neue Sportanlage für die Kinder aus unserem Wald hier". Boa-conhäkelda nickte erneut derart eifrig, dass sie nun dazu genötigt war ihr Barett, mit ihrer Schwanzspitze und dem darauf befindlichen Schwanzspitzen-Hütchen, fest-zuhalten. Oft schon hatte sie den Tierkindern des hiesigen Waldes zugeschaut, wenn diese ihre kleinen sportlichen Wett-kämpfe untereinander austrugen und offensichtlich viel Spaß dabei hatten.

Boa-constrickdaa zischte weiter: „Also wie ich mitbekommen habe, mangelt es den kleinen Sportassen noch an etlichen Dingen. Das fängt schon mit den Sportanzügen an. Wenn es um Mannschaftssport geht, brauchen doch alle Teilnehmer einer Mannschaft die gleichen Trikots. Die beiden Sportclubs in unserer Gegend sind aber in Sachen Vereinskleidung nicht sonderlich gut ausgestattet." Boa-conhäkelda hörte aufmerk-sam und interessiert zu. „Ich weiß aus eigener Erfahrung, Sport, gerade der Vereinssport, ist sehr wichtig für alle kleinen Erdenbewohner", fuhr Boa-constrickdaa fort. Durch ihr ener-gisches Kopfnicken unterstrich sie die Richtigkeit und Ernst-haftigkeit ihrer Aussage. Ja, sie fegte damit eventuell auftre-tende Zweifel geradezu vom Tisch. Letzteres wäre aber über-haupt nicht nötig gewesen, da sich die Freundinnen auch in dieser Sache einig waren. „Ja, es ist schon so, Sport ist wichtig, nicht nur für Körper, Geist und Gesundheit. Nein, auch für das Begreifen vieler anderer Dinge. Hier wäre zum Beispiel anzuführen das Erlernen gegenseitiger Rücksichtnahme und Wertschätzung. Nicht außer Acht lassen sollte man auch, wer gute (Sports-) Freunde hat und sinnvoll beschäftigt ist, läuft weniger Gefahr auf dumme Gedanken zu kommen", warf Boa-conhäkelda jetzt ein. Nun war sie es, die kaum mehr zu bremsen war. „Mit dieser Erkenntnis hast du wieder voll ins Schwarze getroffen, meine Liebe", stimmte Boa-constrickdaa euphorisch zu. "Kannst du dich noch an letztes Jahr erinnern, an die kleinen, niedlichen Braunbärenkinder?", fragte Boa-conhäkelda ihr Gegenüber. Boa-constrickdaa wusste sofort was gemeinte war und ergriff gleich wieder das Wort. „ Ja, natürlich, die kleinen herzigen Bärchen. Vier Brüder, einer sah unschuldiger und niedlicher aus als der andere. Niemand hätte den kleinen "Unschuldslämmern" etwas Böses zugetraut. Zu viel Zeit und viel zu viel Langeweile haben es dann doch geschafft, aus ihnen richtige kleine Rowdies und "Beinahe-Tyrannen" zu machen. Am Schluss haben die Kerlchen es wirklich fertig gebracht, einen Bienenstock mit vorgehaltenen Stöckchen zu überfallen und alle vorhandenen Honigwaben zu klauen. Ein Mundraub war das keiner mehr!! Weil sie bei dieser Aktion sehr klug und sorgfältig vorgegangen waren, hätte ihnen keiner den Diebstahl nachweisen können. Pech nur war, dass sie ihrer zügellosen Honiggier nicht Einhalt gebieten konnten. Also wurde gefuttert, gefuttert und noch mal gefuttert. Alle viere hatten sich ihre Mägen bis zum Erbrechen mit dem stibitzten Honig so voll geschlagen, dass es nur eine logische Folge gab. Das Ergebnis dieser Aktion war also, vier kranke Mägen in vier kranken kleinen Bärchen. Und das kam natürlich an die Öffentlichkeit. Damit war der Diebstahl aufgeklärt und die Bärchen trauten sich vor Scham lange nicht mehr aus ihrer Höhle heraus. Zu diesem Problem gesellte sich auch noch der über alle verhängte Hausarrest. Papabär und Mamabär waren so ungehalten gewesen, dass sie sich dazu entschlossen hatten, ihren Kindern einen Denkzettel zu verpassen, der sich gewaschen hatte, und den die kleinen Racker so schnell nicht wieder vergessen würden. Es wurde nur noch diskutiert, ob die Bärchen "nur" die nächsten Jahrzehnte lang, oder vielleicht gleich für immer, in ihren Bärenkinderzimmern schmoren sollten.

Die Androhung dieser Strafe wurde von den Bäreneltern so glaubhaft vertreten, dass die Bärchen überzeugt waren, diesmal gäbe es kein Entkommen. Die Bäreneltern waren zwar stinksauer, anders kann man kaum sagen, aber natürlich hätten sie ihre Strafe gründlich überdacht und angemessen gestaltet. Eine Lehre musste sie den kleinen Gaunern aber unbedingt sein. Nebenbei erwähnt, die Bienen hatten sich so sehr erschrocken, dass sie eine ganze Woche lang ihre Arbeit niederlegten. Und wie schon jedes Schulkind weiß, wo keine Bienen, da kein Leben".

Boa-conhäkelda, fügte schließlich ergänzend hinzu: "Sicherlich weiß niemand mit Bestimmtheit, ob der Besuch eines Sportvereins die Bärchen von ihren Dummheiten abgehalten hätte. Die Wahrscheinlichkeit von "Bärchen-Untaten" schätze ich aber viel geringer ein, wenn sich die kleinen pelzigen Vierbeiner auf anderen Gebieten, zum Beispiel bei sportlichen Wettkämpfen, untereinander und mit anderen, messen können".

"Boa-constrickdaas" Strickwettbewerb

Trikots für den Sportverein

"Was meinst du, wollen wir unseren Teil dazu tun, um die Idee von der besseren Ausstattung des Sportvereins Wirklichkeit werden zu lassen? Wir könnten ganz praktisch mithelfen. Zum Beispiel mit unserer Zusage, für die Trikots der Sportler zu sorgen. Wie siehst du das, meine Liebe?", fragte Boa-constrickdaa ihre Freundin und zwinkerte ihr dabei mit einem Auge zu.

Jetzt sahen sich beide Schlangen direkt in die Augen und meinten gleichzeitig, wie aus der Pistole geschossen, "Neuer Wettkampf, ja, neuer Wettkampf, super, super toll!!!". Dabei zischten sie vergnügt und kicherten vor Freude so lange vor sich hin, bis ihnen die Puste ausging. Natürlich hatten beide seit Beginn des Gesprächs die Absicht gehabt, aus der Idee, die Sportler einzukleiden, endlich den neuen, längst ersehnten Wettkampf zu machen. Der letzte Strick-/ Häkelwettkampf war ihrer Meinung nach schon viel zu lange her. Es waren immerhin schon mindestens zwei Monate vergangen!
"Übrigens, wirst du deine Strickmaschine benützen oder diesmal mit Nadeln stricken?", wollte Boa-conhäkelda noch von ihrer Freundin wissen. "Ganz sicher bin ich mir noch nicht, ob ich die Strickmaschine wieder hervor holen werde. Mein Urururgroßvater Boa-constructeura hatte sie doch vor vielen Jahren für seine "Besitzerin" entwickelt. Obwohl diese Strickmaschine und ihre Baupläne von Generation zu Generation weiter gegeben wurden und sie damit schon einige "Jahre auf dem Rücken" hat, funktioniert diese Strickmaschine immer

noch perfekt. Wenn wir vorhaben ein ganzes Sportteam mit Sportkleidung auszurüsten, würde es wahrscheinlich zu lange dauern, wenn ich mit den Stricknadeln stricken wollte. Obwohl ich mit den Nadeln auch sehr geschwind bin", gab Boa-constrickdaa entschlossen zur Antwort, "werde ich doch besser die Strickmaschine nehmen! Ich denke, das macht bei dieser Strickmenge mehr Spaß. Und wie willst du vorgehen"? Boa-constrickdaa schaute ihre Freundin fragend an. "Ach, da mach` dir mal keine Sorgen! Kannst du dich eigentlich noch an unseren Ausflug zum Flohmarkt erinnern. Dort habe ich so eine kleine Häkelhilfe, eine "flotte Häkellotte" gefunden, die ich mir auch gleich gekauft habe. Mit diesem kleinen Teil kann man enorm schnell und wunderbar häkeln. Muss mal schauen, wohin ich die "flotte Häkellotte" "aufgeräumt" oder wahrscheinlich eher verräumt, habe. Gleich morgen werde ich nach ihr suchen, sie wird schon wieder auftauchen. Das Häkeln klappt damit bestimmt hervorragend", meinte Boa-conhäkelda und wirkte dabei sehr zuversichtlich und wohlgestimmt. "Übrigens, wir lassen wieder alles beim alten. Es bleibt doch bei den gleichen Abmachungen, die auch sonst während unserer Strick-/Häkelwettbewerbe gegolten haben?", erkundigte sich Boa-conhäkelda noch kurz bei ihrer Freundin. Doch letzteres war eher eine rhetorische Frage.

Von Boa-constrickdaa war nur, ganz verschmitzt lächelnd, ein schelmisches: "Na klar, wie immer" zu hören. Beide Schlangen wussten was diese Aussage zu bedeuten hatte und glucksten leise vor sich hin. Vorfreude und Euphorie hatten beide Tiere in diesem Augenblick gänzlich erfasst!!

So gestalteten sich die kommenden Tage als ein wahres Strick- und Häkelfestival, bei welchem beide Schlangen förmlich zur Höchstform aufliefen. Die Freundinnen waren in ihrem Element und gingen geradezu darin auf.

In Boa-constrickdaas Arbeitszimmer war das leise Geratter der Strickmaschine beinahe Tag und Nacht zu hören. Ein stiller Beobachter hätte sich bei dieser Beanspruchung sicherlich Sorgen um die doch schon nicht mehr ganz junge Strickmaschine gemacht. Wahrscheinlich aber mehr noch, um die nicht mehr ganz junge Schlange.

Doch Boa-constrickdaa kannte ihre „Gerätschaft" und konnte auch ihre eigene Konstitution richtig einschätzen. Deshalb gönnte sie beiden gelegentlich eine kleine Pause. Nichtsdestotrotz gleich danach, ging es erneut „ans eingemachte".

"Gestört", wobei es Boa-constrickdaa natürlich nicht wirklich gestört hat, wurde sie nur gelegentlich. So zum Beispiel von Nachbarn die kurz vorbeischauten, um sich nach ihrem Befinden und nach ihren Fortschritten bezüglich des Trikotstrickens zu erkundigen. Es hatte nämlich gar nicht lange gedauert, bis es sich herumgesprochen hatte, wie der Plan der beiden Schlangen aussah und was er beinhaltete. Natürlich gab es auch gelegentliche gut getarnte, aber dennoch sehr neugierige, Anrufe der „Sparringspartnerin". Da Boa-constrickdaa eine außerordentlich fleißige Schlange war, ließen die erwarteten Fortschritte nicht lange auf sich warten. "Kleinere, unerwünschte Vorfälle" gab es zwar schon, aber diese wurden von beiden Schlangen überraschenderweise auf die leichte Schulter genommen. Letzteres geschah meist mit einem vielsagenden Lächeln oder Augenzwinkern. So nach dem Motto "Na ja, warte du nur, dir werd ich' s schon noch zeigen". Es sollte an dieser Stelle vielleicht die Abmachung, die bereits vor vielen Jahren, sprich beim ersten ihrer Strick-/Häkelwettbewerbe, von den beiden getroffen wurde und die immer noch galt, erwähnt werden.

Die Abmachung sah folgender Maßen aus:

- ❖ Für beide Schlangen stehen "Spaß und Freude haben" während des Strick-, /Häkelwettkampfes im Vordergrund.
- ❖ Es sollte auch sicher gestellt sein, dass die während des Wettbewerbs hergestellten Strick- und Häkelwaren zum einen für soziale Zwecke, aber unter Umständen auch für eigene Vorhaben sinnvoll eingesetzt werden sollten.
- ❖ Die Qualität und das Aussehen der Arbeiten sollen dem künftigen Besitzer langfristige Freude bereiten.
- ❖ Sieger ist, wer seine Arbeiten unter den angegebenen Anforderungen als erster abschließen kann.
- ❖ Der Strick-/ Häkelwettkampf ist stets fair zu gestalten und auszutragen, wobei kleine Überraschungen ausdrücklich erlaubt sind!

Wie also bereits erwähnt, ratterte und knatterte, Boa-constrickdaas Strickmaschine was das Zeug nur so hielt. Tag für Tag! Sogar manche Nachtschicht wurde eingelegt.
Und bei Boa-conhäkelda sah es nicht anders aus!!

Vorsicht Feueralarm

Doch dann, oh Graus, waren an einem eher regnerischen Herbstmorgen plötzlich die schrillen, grellen und kreischenden Töne der Sirene, die für Feueralarm zuständig ist, zu hören. Wegen dem durchdringenden und lauten Geheule dieser Sirene verließen alle Tiere sofort erschrocken ihre Bauten, Höhlen oder sonstige Unterkünfte. Die Waldbewohner hatten an der Tonfolge des Alarms zwar erkannt, dass es sich um einen Probealarm handeln musste, hatten sich aber trotzdem bis auf die Knochen erschrocken. Folge war ein lautes Rufen und hastiges Durcheinanderlaufen der Tiere. Nachdem der erste Schock überwunden war, man sich beruhigt hatte und über die Situation nachgedacht werden konnte, entspannte sich die Lage sichtlich. Nun versammelten sich alle Bewohner des Waldes in der Mitte des selbigen und erst jetzt fiel auf, dass ein Tier fehlte. Sonderbar, denn in der Regel nahmen hier alle, wie erwähnt, solche Übungen wegen deren Wichtigkeit sehr ernst.

Also alle Tiere, außer einem waren da. War vielleicht doch etwas passiert? Was konnte überhaupt passiert sein, war Sorge doch angebracht??? Wie man es drehen und wenden wollte, keiner wusste Bescheid, aber Boa-conhäkelda fehlte. Ganz einfach!

Nach Beendigung des Feueralarms machten sich alle auf den Weg, um zu erfahren, was denn mit Boa-conhäkelda geschehen war. Die Waldbewohner staunten nicht schlecht, als sie die vermisste Schlange seelenruhig auf der kleinen Veranda ihres Baumhauses sitzen sahen. Sie war damit beschäftigt, zu häkeln, dass ihre „flotte Häkellotte" qualmte und grinste dabei breit über das ganze Gesicht. Noch ein kurzes Augenzwinkern in Richtung Boa-constrickdaa und damit war die Angelegenheit für Boa-conhäkelda erledigt. Wie sich später herausstellte, hatte sie den Sirenenbeauftragten Prof. hc. Heuli dazu überreden können, den an sich erst in ein paar Wochen fälligen Probealarm etwas früher stattfinden zu lassen.

Nun hätte man denken können, Boa-constrickdaa wäre wegen der für sie verlorenen Strickzeit ärgerlich gewesen. Aber nein doch, die Schlangen und zwar beide, wollten wie abgemacht zu ihrem Spaß kommen. Letzterer musste aber nicht nur zwangsläufig durch die Handarbeitstätigkeiten kommen!

So vergingen ein paar weitere, diesmal eher ruhige Tage, während derer nichts großartiges oder gar aufregendes passiert war. Die Anzahl der fertigen Trikots dagegen stieg kontinuierlich.

Ehrenbekundung für einen Baum

An besagtem Morgen hüllte die Sonne den Wald mit ihren warmen Sonnenstrahlen förmlich ein. Die Vögel zwitscherten so euphorisch durcheinander, dass man hätte denken können, sie würden ein großes Fest feiern und alle Waldbewohner dazu einladen. Überall sah man Tiere mit bester Laune durch die Gegend hüpfen. Da auch Boa-conhäkelda bester Stimmung war, nahm sie den Eilbrief, der ihr von Hr. Konfusius-Bonifazius von Springstetten, dem Breitmaulfrosch und amtierenden Briefträger, würdevoll überreicht wurde, lächelnd entgegen. Als sie sich diese Botschaft genauer ansah, war sie mindestens überrascht, wenn nicht sogar erstaunt. Vor allem aber sehr beeindruckt. Der cremefarbene Briefumschlag bestand aus feinstem Damastpapier, welches sich herrlich anfühlte. Der Stempel darauf, der eine Eiche mit goldenem Rand abbildete, sah hoch offiziell aus. Als der Briefträger sich mit einem freundlichen "also dann bis zum nächsten mal, verehrte Dame", verabschiedet hatte, hielt Boa-conhäkelda es vor Ungeduld kaum mehr aus. Das Gefühl vor Neugierde platzen zu müssen, schoss ihr durch den ganzen Körper. Also griff sie hastig nach dem Brieföffner, hielt inne, sah sich den Brief erneut an und schlitzte ihn danach Stückchen für Stückchen andächtig auf.
Ein lindgrünes Blatt Seidenpapier, dessen Rand mit Tannenbaum-Stempeln umgeben war, lugte aus dem Kuvert heraus.
Mit leicht zitternder Schwanzspitze schubste sie das hübsche Seidenpapier nun aus dem Kuvert. Oh, wo war nur ihre Brille schon wieder?? Immer diese Brille!!
Nachdem sie ihre Brille gesucht und wie so oft auf ihrem Kopf gefunden hatte, begann sie zu lesen.

Sehr geehrte Frau Boa-conhäkelda,

ich bin sehr erfreut ihnen heute die Entscheidung unseres Gremiums, des Ausschusses "Edelmänner der Forsten", mitteilen zu dürfen.

Ihr Baum, mit dem dazugehören Baumhaus, wurde in der Kategorie "Bäume mit Baumhaus und Schlangeneigentümerin" dazu auserkoren, in diesem Jahr als "schönster Baum, mit Baumhaus und Schlangeneigentümerin des Jahres", ausgezeichnet zu werden.

Da ich Ihnen wegen einer von mir zu tätigenden, wichtigen Geschäftsreise keinen sonstigen Termin anbieten kann und ein persönliches Erscheinen Ihrerseits auf das dringlichste nötig ist, lade ich Sie für heute Nachmittag um 16:00 Uhr zu einem Treffen in mein Büro ein. Hier können wir alle näheren Umstände der Preisverleihung gerne besprechen. Ich weise ausdrücklich auf die Notwendigkeit der Einhaltung des Termins hin. Ein Alternativtermin kann leider nicht angeboten werden. Die Auszeichnung müsste bei Nichtinanspruchnahme des Termins an einen anderen Baum oben genannter Kategorie vergeben werden. Letzteres würde ich nur schweren Herzens veranlassen.

Mit den ehrerbietigsten Grüßen

Archibald III Freiherr von Laubhausen,
Vorstandsvorsitzender der "Edelmänner der Forsten"

Nachdem Boa-conhäkelda den Brief ein weiteres mal und noch ein mal und noch ein mal voller Stolz gelesen hatte, wollte sie keine weitere Zeit verschwenden. „Ich muss mich unbedingt sofort auf den Weg machen. Dieser Hr. von Laubhausen ist bestimmt ein äußerst wichtiger Mann und Baumkenner. Unglaublich, sogar einem Herrn mit sicherlich umfassenden

Kenntnissen in Sachen Forstwesen sticht die Schönheit meines Baumes ins Auge. Ich kann das kaum fassen", meinte sie zu sich selbst. „Doch andererseits, so verwunderlich ist es auch wieder nicht. Man könnte sagen, dass es eher erforderlich ist, ein solches Exemplar von Baum zu ehren", fuhr sie im Gedanken fort, wobei sie ihre Nase stolz in die Luft streckte. Sie schien beinahe zu vergessen, dass es um ihren Baum und nicht um sie selbst ging. Fix schnappte sie sich Barett und Schal und stürmte Hals über Kopf aus dem Haus. Diesmal wurde die Strickleiter nicht übersehen und schwupp die wupp war sie auch schon an dieser hinunter geglitten und sicher am Boden angekommen. Blitzschnell schlängelte sie über den bemoosten, weichen Waldboden. Am Waldrand angekommen schaute sie sich kurz um und entschloss sich schließlich, die vor ihr liegende Blumenwiese auf dem kürzesten Weg zu überqueren. Sie bewegte sich leise durch hohes Gras, an wunderschönen bunten Blumen vorbei, zielstrebig immer weiter. Durch diese Vorgehensweise war es ihr möglich gewesen, die herrliche Natur zu genießen, gleichzeitig aber gut geschützt vor neugierigen Blicken, ihrem Ziel immer näher zu kommen.

Als sie etwa zwei Stunden nach Antritt ihrer kleinen Reise bei der angegebenen Adresse angelangt war, stand sie hier, zu ihrem großen Erstaunen, leider vor verschlossenen Türen. Hatte sie sich in der Adresse oder der Zeit geirrt. Oder war Archibald III Freiherr von Laubhausen verhindert gewesen und konnte sie davon nicht mehr in Kenntnis setzen?

Langsam, aber bestimmt ließ ihre Begeisterung drastisch nach. Das Gefühl der Faszination und des "geehrt seins" bröckelte Stück für Stück von ihr ab. Unverständnis und Enttäuschung machten sich in ihr breit. Erstmals kamen ihr Zweifel. In ihrem Überschwang war ihr gar nicht aufgefallen, wie erpresserisch und unverschämt dieser Brief eigentlich war. Dafür hatte sie diese Erkenntnis nun umso drastischer überfallen. Und just in diesem Moment fiel es ihr wie Schuppen von den Augen und sie konnte eine Einsicht ganz anderer Art ihr eigen nennen!

Beide Schlangen wussten natürlich von Anfang an worauf sie sich eingelassen hatten. Jede von ihnen wollte einen Wettkampf, der mit kleinen Überraschungen verbunden war. Sozusagen dem Kick an der Sache oder dem Salz in der Suppe. Jedes der beiden Tiere war äußerst gespannt, was sich die andere hatte einfallen lassen, um neben dem praktischen Tun, also Sportsachen herstellen, auch noch dem Moment der Spannung einen Platz einzuräumen. Also machte sich Boa-conhäkelda wieder auf den Heimweg. Dies fiel ihr trotz ihrer jetzt eingetretenen Müdigkeit relativ leicht. Sie hatte sich nämlich während des gesamten Heimwegs Gedanken gemacht, wie sie sich bei Boa-constrickdaa für deren List, revanchieren konnte.

Wieder zu Hause angekommen, empfing Boa-constrickdaa ihre Freundin mit einem zuckersüßen „Oh, meine Liebste, wo warst du denn nur so lange? Ich habe mir schon solche Sorgen um dich gemacht". Zu ihrem äußerst besorgten Gesicht passte nur das schelmische Augenzwinkern nicht ganz. Trotzdem hätten ihr Außenstehende sehr wahrscheinlich jedes einzelne Wort geglaubt. Aber eben nur Außenstehende!

"Meine liebe Freundin", fuhr Boa-constrickdaa fort, "möchtest du heute Abend nicht auf einen kleinen Schlummertrunk bei mir vorbei kommen? Nach deinem Ausflug heute bist du sicherlich gewaltig müde. So eine kleine Auszeit wäre da doch recht entspannend. Außerdem würdest du mir ehrlich eine große Freude machen." Diese Einladung kam tatsächlich aus tiefsten Herzen. Boa-constrickdaa wollte ihrer Freundin wahrlich etwas gutes tun. Schuldgefühle waren zwar nicht der

Anlass für die Einladung, aber ein kleines bisschen leid tat ihr Boa-conhäkelda dann doch.

Diese überlegte kurz, entschied sich aber gleich ganz clever dazu, die Einladung ihrer Freundin anzunehmen.

Boa-conhäkelda wusste ja, genauso wie ihre Freundin, unter welchen Bedingungen der Wettkampf stattfinden sollte. Und heute war es eben Boa-constrickdaa, die ihre Freundin ein wenig an der Nase herum geführt hatte. Warum also sollte man sich deshalb den gemütlichen Abend entgehen lassen. Außerdem dachte sich Boa-conhäkelda, wenn ich schon zu Besuch bin, kann nicht nur ich während dieser Zeit nicht häkeln, sondern Boa-constrickdaa kann auch nicht stricken. Also wurde beschlossen, den Abend gemeinsam bei Boa-constrickdaa zu verbringen. Das würde auf alle Fälle ein beschauliches Beisammensein werden.

„Boa-conangebera" und ihr Herzallerliebster "Boa-conbesserwissera" kommen zu Besuch

Schneller als gedacht, war es auch schon Abend geworden. Beide Schlangen hatten es sich wieder einmal am offenen Kamin gemütlich gemacht. Man plauderte miteinander, trank dazu ein kleines Gläschen Sherry und genoss das bereit gestellte Salzgebäck. Gerade als Boa-conhäkelda von ihrem heutigen Ausflug zu erzählen begann, pochte es draußen an die Haustüre. Letztere war, zu Boa-constrickdaas großer Freude, inzwischen von Maulipauli und Hyronimus repariert worden. Übrigens, die beiden hatten den verursachten Schaden sehr sorgfältig und überraschend schnell wieder in Ordnung gebracht.

"Wer kann denn das jetzt noch sein?" meinte Boa-constrickdaa an ihre Freundin gewandt. Noch einmal klopfte es geräuschvoll und ziemlich ungehalten an die Türe. Boa-constrickdaa sann kurz darüber nach, ob es da wohl jemand darauf abgesehen haben sollte, die Haustüre gleich wieder kaputt zu machen. Flugs kroch sie zum Eingang. Bedächtig öffnete sie die Türe, um sofort wie elektrisiert liegen zu bleiben. Schockstarre machte sich in ihr breit. Ein paar Sekunden, gefühlte Ewigkeiten, vergingen. Immer noch wie angewurzelt im Eingangsbereich liegend, schoss ihr ein "Um Himmels Willen", durch den Kopf. "Guter Gott, bitte nicht!"

Gleichwohl riss sie sich zusammen und meinte mit bebender Stimme: "Guten Abend, was verschafft mir denn das "Vergnügen"?".

Boa-constrickdaa hatte sich schnell wieder halbwegs unter Kontrolle und fragte weiter: "Kann ich euch irgendwie weiterhelfen?".

"Nein, nein, helfen musst du uns natürlich nicht, wir haben wie immer alles selber im Griff. Wir wollten eigentlich nur einen kleinen Spaziergang machen. Aber als wir sahen, dass bei dir noch Licht brennt und wir deinen Besuch bemerkten, dachten wir uns, wir könnten dich auch einmal wieder mit unserer Gesellschaft erfreuen".

Boa-constrickdaa war eine Schlange mit exzellenten Umgangsformen. Und sie hatte keine Lust sich von äußeren Anlässen oder gewissen Besuchern, dahin gehend beeinflussen zu lassen, ihre angeborene Höflichkeit abzulegen.

"Na, dann kommt schon herein, ihr beiden.", erwiderte sie deshalb freundlich, aber doch etwas zurückhaltend, an den ungebetenen Besuch gewandt.

Diese zwei hatten es aufgrund ihres umwerfenden „Schlangen-Charmes" tatsächlich fertiggebracht sich zu Boa-constrickdaas auserkorenen "Lieblingsgästen" zu entwickeln. Letzteres war selbstverständlich äußerst ironisch gemeint. Eine herausragend abschreckende Angewohnheit des Duos war es zum Beispiel, dass sie stets, ohne eingeladen zu sein, vor der Türe standen. Denn sie luden sich nach eigenem Ermessen selbst ein, bemerkten nie, wann sie ungelegen kamen oder wann sie besser wieder gehen sollten.

Also um wen konnte es sich hier schon handeln? Es waren, wie leider viel zu oft, Boa-conbesserwissera und seine Freundin Boa-conangebera.

Er, ein Wesen überwiegend bestehend aus angelerntem Wissen und angefutterter Masse, denn unter fehlendem Appetit hatte er noch nie gelitten, quasi ein feistes, dahinschlängelndes Reptilien-Lexikon. Alles in Massen vorhanden, nur für den Charakter war kein Platz mehr in ihm. Und auch etwas kurz geraten war er.

Und sie, gebildet war sie schon auch. Nur bei ihr war es ihr ganzes Leben lang allein bei der Einbildung geblieben. Doch wenigstens ergänzten sie sich körperlich beispiellos. Denn was er an Gewicht viel zu viel hatte, fehlte ihr wiederum. Dafür aber war sie lang, sehr lang! Das war ein Paar!! Einzigartig!!

Auf jeden Fall waren sie der Schrecken aller vernunftbegabten Schlangen. Wer mag schon Besserwisser und Angeber?

Boa-constrickdaa schloss noch flink die Türe und setzte eben zu einem "nehmt doch bitte Platz" an, als sie sah, dass sich die Neuankömmlinge bereits gesetzt hatten. Und zwar unmittelbar vor den warmen Kamin.

Boa-conhäkelda wurde einfach etwas zur Seite gedrängt, was diese mit einem extrem aggressiven Zischen und einem gefährlichen Augenrollen quittierte. Ansonsten hatte es ihr gänzlich die Sprache verschlagen. Inzwischen hatte auch Boa-constrickdaa wieder Platz genommen. Wie sich gleich herausstellte, war das eine sehr, sehr vorausschauende Idee von ihr. Damit war wenigstens ein eventuelles Umfallen ausgeschlossen gewesen.

Denn schon ging es los. "Na, wie geht es dir denn immer so, meine Liebe?" zischte Boa-conbesserwissera in Richtung Boa-constrickdaa. Boa-constrickdaa dachte insgeheim, dass sie es nie soweit werde kommen lassen, jemals Boa-conbesserwisseras "Liebe" zu werden. "Es ist mir zu Ohren gekommen", fuhr Boa-conbesserwissera fort, "dass du dich dazu bereit erklärt hast, bei der Ausstattung des neuen Sportvereins mitzuhelfen. Das finde ich außergewöhnlich großzügig von dir meine Liebe". Schon wieder kam dieses sarkastische "meine Liebe", dachte sich Boa-constrickdaa nur. Leider war Boa-conbesserwissera bereits in seinem Element und säuselte heuchlerisch schmeichelnd weiter: "Ausnehmend großzügig, nahezu generös, ist ein solches Verhalten von dir.

Dessen ungeachtet, solltest du nicht besser bedenken, dass du nicht mehr die Jüngste bist. Die viele, viele Arbeit, die du dir damit zusätzlich aufbürdest. Du hättest doch ansonsten sicherlich auch noch etliches zu erledigen." Während dieser Bemerkung sah er sich abwertend im Raum um und machte, leicht Kopf schüttelnd, ein verständnisloses Gesicht dazu. In Boa-constrickdaa fing es während dessen an zu brodeln. Unbeirrt fuhr der ungebetene Gast fort: "Hübsche Gardinchen und Deckchen "schmücken" diesen Raum hier. Ich habe kürzlich ein Buch über Farbzusammenstellungen gelesen. Es wurde erklärt welche Farben man am besten kombinieren sollte. Na, offensichtlich kennst du es noch nicht, ich muss es dir unbedingt ausleihen". In diesem Augenblick mischte sich Boa-conangebera unaufgefordert in die Unterhaltung ein. Ihr Ton war hochnäsig und arrogant. Ein in die Luft strecken ihrer nicht sehr ansehnlichen Nase, ließ sie sich nicht nehmen, als sie schnippisch zischte: "Wir hatten unser Haus natürlich längst nach den fachgemäßen Empfehlungen kompetenter Experten eingerichtet. Deshalb musste bei uns auch kaum etwas verbessert werden. Eben nur Kleinigkeiten, wie du dir sicherlich denken kannst. Selbstverständlich sind solch überaus stark ausgeprägter Sinn für Ästhetik und das Wissen um die elementaren Dinge in Bezug auf ein gewisses Wohnambiente nicht jedem gegeben. Du solltest deshalb nicht zu traurig sein, denn wenn du Hilfe brauchst, was zweifelsohne der Fall ist, kannst du dich immer gerne an uns wenden. Es wird zwar ein hartes Stück Arbeit werden, aber man hilft ja wo man kann. Wir kennen uns natürlich in dieser Materie gänzlich aus, was dir gewiss klar sein dürfte, also eigentlich keiner Erwähnung bedarf." Hätte Boa-constrickdaa ihr Hütchen aufgehabt, wäre es ihr jetzt vor Wut geplatzt. Boa-conangebera stichelte weiter: "Ach übrigens, von diesen ganz neuen Ansätzen, in

Sachen optimale Raumaufteilungen hast du offenkundig auch noch nicht gehört. Das ist ebenfalls ausnehmend interessant und für jemanden wie dich sogar schon unerlässlich". Jetzt mischte sich Boa-conbesserwissera wieder ein: "Mein Herzblatt, in der Sache hast du sicherlich Recht. Aber du solltest bei deinen Anmerkungen doch etwas mehr auf deine Ausdrucksweise, also zum Beispiel die Satzstellung und die präzise Wortwahl achten. Das würde dich in deiner Entwicklung sicherlich noch weiter voran bringen. Dessen ungeachtet, nimm dir meine wohlwollenden Anregungen bitte nicht zu sehr zu Herzen. Andere hier haben diesbezüglich noch größere Schwierigkeiten als du, haben aber leider niemanden, der sie darauf hinweist. Von effektiver Abhilfe möchte ich gar nicht sprechen."

Damit war das Fass zum überlaufen gebracht worden. Boa-constrickdaa war, trotz ihrer ausgeprägten Selbstbeherrschung, inzwischen gallegrüngelb angelaufen, was nicht nur ihrem Körper ein gefährliches Aussehen verlieh, sondern auch deutlich erkennbar machte, was sich im Inneren des Tieres abspielte. Kaum weniger beängstigend, sondern gänzlich Wut speiend, bot sich Boa-conhäkelda, mit ihrer aktuell braunroten ins vorübergehend fast feuerrot wechselnden Schlangenhaut dar. Wie erwähnt, die Grenze des Wohlwollens war bei beiden überschritten. Mit einer gespenstischen Ruhe und bedrohlich funkelnden, blutunterlaufenen Augen, schlängelte sich Boa-constrickdaa ganz nahe an ihren überraschten Besuch heran. Ihr stechender Blick durchbohrte Boa-conbesserwissera und Boa-conangebera gleichermaßen. Blitzartig und mit nur einem Ruck, umschloss sie ihre beiden Besucher mit der ganzen Länge ihres Körpers und umschlang sie so kraftvoll, dass sie den beiden Plagegeistern damit nahezu die Luft abschnürte. Es war schon ein eindruckvolles Bild, das sich hier bot. Ein lebendes, gut verschnürtes Schlangenpaket war entstanden. Zwischenzeitlich war Boa-conhäkelda zur Haustüre geflitzt und hatte diese weit geöffnet. Jetzt war es nur noch eine Kleinigkeit für Boa-constrickdaa, ihre ungebetenen Gäste mit einem Schubs nach draußen zu katapultieren. Schnell noch wurde der kleine runde Knopf neben dem Eingang betätigt und schon erklang Trommelmusik vom feinsten und zwar in einer nicht überhörbaren Lautstärke. Boa-constrickdaa war nicht nur eine schöne Schlange, sondern auch eine sehr kluge. Deshalb hatte sie erst kürzlich besagten Knopf in weiser Voraussicht mit einer Verbindung zu einem kleinen Tonbandgerät versehen, auf welchem sich ausschließlich die von Boa-conbesserwissera und Boa-conangebera leidenschaftlich gehasste Trommelmusik befand!!

"Wow, geschafft, das haben wir wahrhaftig prima gemacht", zischte Boa-constrickdaa deutlich hörbar vor sich hin und meinte weiter an Boa-conhäkelda gewandt: "Wie würde dir jetzt eine schöne Tasse heißer Tee gefallen? Den haben wir uns redlich verdient. Solch unangenehme Zeitgenossen gibt es Gott sei Dank nicht sehr viele. Hoffentlich sehen wir die beiden nicht so schnell, am besten überhaupt nicht, wieder. Arroganz gepaart mit fehlender "zwischenschlanglicher" Kompetenz, unzweifelhaft ein arges Gemisch. Manchmal muss man sich ungeheuer beherrschen. Beide zu dämlich, um auch nur einmal auf eine eigene gute Idee zu kommen, aber immer siebenschlau mit dem Mundwerk unterwegs und Artgenossen schlecht machen. Das Umfeld klein reden, damit er sich größer fühlen kann. Dieser Boa-conbesserwissera ist dermaßen selbstverliebt! Er meint tatsächlich, alle Wesen dieser Welt würden nur auf Erden sein, um in den Genuss der großen

Gunst zu kommen, ihn anhimmeln und verehren zu dürfen. Dabei ist er wahrscheinlich der Einzige, der dies tut.

Und seine „Teuerste" ist um keinen Deut besser. Aber sie passen schon richtig gut zusammen. Die haben sich gegenseitig verdient. Lass uns das alles jetzt trotzdem einfach zur Seite schieben. Jede weitere Minute, während der man sich mit diesem Möchtegern-Diktator, beziehungsweise mit den beiden beschäftigt, ist verschwendete Zeit. Genießen wir doch lieber unseren Tee". Boa-conhäkelda, deren Körper langsam wieder seine Originalfarbe angenommen hatte, stimmte dem Vorschlag ihrer Freundin gleich sehr erleichtert zu. Etwas Erholung nach dieser Aufregung konnte nun gewiss nicht schaden! Diese Einsicht wurde auch gleich in die Realität umgesetzt und damit konnte doch noch ein harmonischer Abend für die Freundinnen beginnen.

Beide Schlangen waren überaus froh, diese Prüfung in Sachen "Zusammenleben von Schlangen" so gut und vor allem effektiv, gemeistert zu haben.

Korbinian, der Geist mit Herz und Verstand

Nach kurzer Zeit, endlich etwas zur Ruhe gekommen, überlegten sie, was man denn aus dem angebrochenen Abend noch machen konnte. Also wurde überlegt und gegrübelt. Und noch mal überlegt und weiter gegrübelt. Eigentlich wäre Boa-conhäkelda schon längstens etwas eingefallen gewesen, aber da ihr diese Idee bei jeder sich bietenden Gelegenheit kam und sie ihre Freundin damit nicht langweilen wollte, schwieg Boa-conhäkelda zunächst. Wie erwähnt, zunächst. Doch als sich nun herausstellte, dass auch Boa-constrickdaa keine wirklich gute Idee hatte, entschloss sich Boa-conhäkelda ihren Vorschlag zur Sprache zu bringen.

"Was meinst du Boa-constrickdaa" fing Boa-conhäkelda nun sachte an zu zischen, "wir könnten uns doch wieder Gespenstergeschichten erzählen. Du weißt schon, eine richtig schön schaurige Geschichte. Eine von Geistern, die nachts irgendwo erscheinen und einem das Fürchten lehren. Oder von Kobolden, die ihr Unwesen treiben und versuchen die Welt ganz durcheinander zu wirbeln? Hui, so echtes Gruuuuseln, mit Zittern und Zähneklappern!! Ohhhh ja, das wäre doch suuuper toll".

Unabhängig von dieser ihrer Aussage, sollte doch noch eine kleine Schwäche Boa-conhäkeldas erwähnt werden. Denn einerseits liebte sie Spukgeschichten über alles, beinahe so sehr wie ihr Krönchen, das stand fest. Andererseits aber reagierte sie fast immer gleich, wenn sie ihrer Geistergeschichten-Vorliebe nachgab. Nach dem Hören solcher Erzählungen war Boa-conhäkelda nämlich meist überaus verängstigt und sah dann hinter jeder Ecke mindestens ein Gespenst, manchmal sogar mehrere. Alleine nach Hause gehen, wäre ihr in einer solchen Situation auf keinem Fall mehr eingefallen. Was also konnte getan werden? Spukgeschichte ja, aber nicht zu gruselig am besten. Daher noch mal überlegen, überlegen, überlegen.

Plötzlich, wie ein Blitz, schoss Boa-constrickdaa nun der Name Korbinian in den Kopf. Korbinian war auch einer ihrer besten Freunde. Manchmal schaute er sogar, trotz seiner momentanen Gestalt, bei Boa-constrickdaa vorbei, allein um sich nach ihrem Befinden zu erkundigen. Wie es gute Freunde eben tun! Ja, eine Episode über Korbinian zu erzählen, das würde auch ihr riesigen Spaß machen. Deshalb meinte Boa-constrickdaa, "was hältst du davon, wenn ich dir von Korbinian erzähle? Zum Beispiel von seiner Welt der Geister. Das ist interessant, aber nicht beängstigend. Sollte dir das Freude machen, kann ich dir bei einer anderen Gelegenheit eines von Korbinians neuen Abenteuern erzählen.

Und danach bist du wieder mit einer anderen Geschichte dran. Wenn wir uns immer wieder abwechseln wird das bestimmt immer wieder ein sehr aufregendes Ereignis werden". Bei einem solchen Angebot brauchte Boa-conhäkelda nicht eine Sekunde um zu überlegen. Nein, sie nahm es sofort an. Einen kleinen Haken hatte die Sache zwar noch, denn später würde sie gründlich darüber nachdenken müssen, mit welcher Geschichte sie verblüffen konnte, ohne gleich während des Erzählens vor Schrecken zu erstarren. Aber bis dahin war noch soooooooooo lange Zeit.

"Ja, prima, ich bin schon ganz begierig zu erfahren, wie Korbinian denn eigentlich so ist? Ich meine, so als Gespenst eben", war Boa-conhäkeldas ungeduldige Antwort. Gesagt, getan und schon ging es los mit der Erzählung.

Boa-constrickdaa rückte sich nur noch kurz ihre Brille zurecht, wobei ihr Blick einem längst zeigte, dass sie gedanklich bereits bei ihrem Freund angekommen war. In diesem Moment fing sie auch schon an zu erzählen.

"Hm, wer also ist Korbinian? Das Wichtigste vorneweg, er ist einer meiner liebsten, meiner allerliebsten Freunde. Aber das weißt du ja schon. Er ist das Paradebeispiel eines Gespenstes. Für seine eintausendzweihunderteinundsechzig (1.261) Jahre ist er noch ein richtiger Jüngling unter ihnen. Er hat strahlend blaue Augen, die stets freundlich und voller Güte in die Welt blicken. Seine nebelhafte Hülle ist schneeweiß und funkelt bei der kleinsten seiner Bewegungen unauffällig elegant. Er ist so herrlich anzuschauen, dass einem schwer fällt, den Blick wieder von ihm abzuwenden. Schlicht und einfach ein richtiges Prachtexemplar der Gattung Geist. Was aber noch viel, viel wichtiger ist, er ist ein guter Geist. Ein richtig guter sogar!".

Boa-constrickdaa, die förmlich ins Schwärmen geraten war, hielt kurz inne, um abermals leidenschaftlich fortzufahren.

"Gewiss, es existieren wie man weiß, viele, viele andere Geister an verschiedenen Orten. Doch in Korbinians Welt sind überwiegend gute Gespenster unterwegs. Selbstverständlich sind unter diesen einige freche oder anders ausgedrückt, ein paar äußerst einfallsreiche, Exemplare. Genauso wie einige weniger kluge, die aus eben diesem Grunde, manchmal nicht gerade positiv auffallen. Aber wirklich abgrundtief widerwärtige oder hinterhältig bösartige Ausführungen von Geistern, gibt es dort nicht. Bei Korbinian zu Hause haben, wie berichtet, fast alle überwiegend Gutes in sich. Nur bei "einer Handvoll" Spukgestalten hatten sich im Laufe der Zeit die vorher kaum vorhandenen, negativen Charakterzüge so weiter entwickelt, dass es sich jetzt bei ihnen um sehr viel weniger sympathische Gesellen handelt. Klingt fast ein wenig langweilig, ist es aber nicht. Alle haben ihr Leben auf Erden hinter sich. Sie haben ihre Erfahrungen gemacht und sind dadurch zu wichtigen Erkenntnissen gelangt. Deshalb sind die Dinge jetzt auch gut wie sie sind. Außerdem gestalten Einfallsreichtum, Phantasie und Wissen über die wichtigen Dinge des Lebens, die Anwesenheit in einer anderen Welt absolut interessant und aufregend. Wahrscheinlich nicht nur dort. Die Gespenster jedenfalls, führen ein relativ ruhiges, harmonisches Leben und machen sich dieses so angenehm wie nur möglich. Auch respektiert man sich gegenseitig, kommt sich beiderseitig mit Höflichkeit, Wohlwollen und Aufmerksamkeit entgegen. Man gibt einander ein Gefühl der Wichtigkeit und dem anerkannt sein. Folge davon ist, dass jedes Gespenst seinen Platz kennt und weiß, dass es geschätzt und geachtet wird.

In der Welt der Menschen ist es in Bezug auf Spukgestalten etwas schwieriger. Die Menschen haben und hatten schon immer Angst vor Geistern. Ein Umstand, der Korbinian gänzlich gar nicht gefällt und der ihn immer wieder recht traurig werden lässt. Er weiß, dass Menschen sich normalerweise nur vor schrecklichen, bösen Dingen fürchten oder aber auch vor Dingen, die sie nicht kennen, die ihnen fremd sind. Verstehen kann er dieses Verhalten im Hinblick auf Gespenster sogar ein kleines bisschen, aber schade ist es trotzdem. Er weiß natürlich auch, was da für dumme Ansichten und Meinungen seinen Artgenossen gegenüber durch die Köpfe der Menschen schwirren. Aber das meiste davon ist einfach nur Voreingenommenheit, die auf falschen Überlieferungen basiert. Angefangen bei dem Vorurteil, dass er und seinesgleichen immer böse sind, auf Friedhöfen oder in alten, nassen Gebäuden und Ruinen oder Schlössern residieren oder umherwandern. Dort dann mit ihren mitgebrachten Ketten rasseln und arme, friedliebende Menschen zu Tode erschrecken. Danach weiter bei Nacht und Nebel durch die Gegend schweben und solange herumlauern würden, bis sie das nächstes Oper gefunden haben sollten, um einen ähnlichen Spaß mit ihm zu treiben. Mindestens aber mussten Erdenbewohner verschreckt werden. Und wenn diese dann geflüchtet sein sollten, würden andere gesucht werden und das Spielchen würde wieder von vorne losgehen. Noch "größere Schlaumeier" glauben, dass sich Gespenster nachts bei Kindern unter dem Bett oder im Schrank verstecken. Und wenn die Eltern der Kinder außer Reichweite wären, es richtig rund gehen würde, weil dann nämlich die Geister aus ihren Verstecken hervorschwebten, um den Kindern übles anzutun. Was aber bitte sollte ein Gespenst von diesen Aktionen haben? Wenn sich Korbinian solchen Ansichten gegenüber sah, wurde er oft erst traurig und später dann richtig wütend. Die Menschen müssten sich doch nur ein bisschen besser informieren, alte "Weisheiten" überprüfen, weniger ängstlich sein und die Dinge genauer betrachten. Erfreulicherweise halten seine Traurigkeit und Wut immer nur sehr kurz an. Er hatte zwar schon des öfteren von bösen Gespenstern gehört und möchte auch gar nicht abstreiten, dass es solche gelegentlich gab. Trotzdem betont er immer wieder, dass es nicht nur solch ungemütliche Artgenossen gibt. Ganz im Gegenteil.

So und jetzt bin ich fix und fertig! Soviel habe ich noch nie über meinen Freund berichtet. Hoffentlich hat dir meine Erzählung wenigstens ein Bild von Korbinian vermitteln können!", beendete Boa-constrickdaa nun ihre Ausführungen.

Boa-constrickdaa hätte jetzt wirklich eine Pause gebrauchen können. Doch als sie bemerkte, wie verzückt Boa-conhäkeldas Blick war, fühlte sich Boa-constrickdaa plötzlich überhaupt nicht mehr müde. Es war ihr gelungen, ihre Freundin in eine ihr fremde Welt mitzunehmen.

Um die verdiente Erholung noch etwas zu versüßen, machte sich Boa-constrickdaa augenblicklich auf und holte zwei Tassen warme Milch aus der Küche. Oh, was für ein beglücktes Lächeln sich deshalb auf Boa-conhäkeldas Gesicht zeigte!

Merkwürdigerweise hielt dieses Lächeln nicht lange an, sondern wich einem eher verständnislosen Blick. "Duuuu, Boa-constrickdaa, weißt du was ich nicht ganz verstehen kann?" rätselte Boa-conhäkelda mit gedankenverlorenem Blick. Um gleich daraufhin fortzufahren: "Das ist die Tatsache, dass fast alle Gespenster in Korbinians Welt so nett sind. Wie ist das nur möglich?".

Boa-constrickdaa überlegte kurz und gab dann zur Antwort: "Na, da muss ich flugs noch weiter ausholen. Ich erzähle dir dazu am besten noch die folgende aufschlussreiche Geschichte.

Also, es war einmal ein entzückendes, kleines Mädchen namens Fee. Es hatte so viele Spielsachen, dass die Eltern des Mädchens sich eines Tages dazu entschlossen, einige davon auf dem Dachboden ihres Hauses unterzubringen. Leider hatten die Eltern versehentlich Fee`s Lieblingspuppe mit auf den Speicher gepackt. Es war schon Abend geworden, als Fee das "Unglück" bemerkte. Sie ging also schnurstracks zu den Eltern und wollte diese bitten, ihr die heißgeliebte Puppe wieder zu holen. Ungünstigerweise hatten ihre Mama und ihr Papa an diesem Tag so viel gearbeitet, dass nun beide auf dem Sofa im Wohnzimmer eingeschlafen waren. Die Eltern aufzuwecken, hm, das war keine so tolle Idee. Fee brauchte ihre Puppe aber unbedingt, ganz unbedingt. Also beschloss sie, die Puppe selbst zu holen. Im Nachthemd schlich sie die Treppen zum Dachboden hinauf. Die Holzstufen knarrten unter ihren kleinen Füßchen. Am Ende der Treppe angekommen, öffnete Fee sachte die Türe zum Dachboden. Nur einen Spalt weit. Ein stockdunkler Raum tat sich vor ihr auf. Fee schob ihre Fingerchen sachte in die Dunkelheit hinein und tastete nach dem

Lichtschalter. Leider gab es hier nur eine ältere, düstere Lampe. Deshalb war auch nicht wirklich viel zu sehen, als sie den Schalter anknipste. „Aber besser wenig sehen, als gar nichts sehen", dachte sich Fee und betrat besonnen und etwas zögerlich den Dachboden. Schritt für Schritt ging sie weiter. Schließlich konnte sie ihre Kisten mit den Spielsachen in einer der hinteren Ecken entdecken. Oh, das war eine Freude!!! Und nicht nur die Lieblingspuppe, sondern auch ihre Eisenbahn war plötzlich wieder da. Fee griff sich erst ihre Puppe, setzte sich dann auf den weichen Teppich, der auf dem Fußboden lag und baute dort gemächlich ihre Eisenbahn auf. Ihre Puppe musste natürlich immer neben ihr sitzen. Dabei vergaß das Mädchen die Zeit und diese verging schneller als erwartet. Erst als Fee langsam kalte Füße bekam, dachte sie daran, wieder zurück ins Bett zu gehen, hinein zu schlüpfen und ganz, ganz schnell zu schlafen. Die Eltern sollten von ihrem nächtlichen Ausflug ja nichts bemerken.

Doch urplötzlich waren da so komische Geräusche zu hören. Mal etwas lauter, dann wieder leiser. Manchmal eher ein Wimmern, dann wieder ein leichtes Stöhnen. Und dieses leise, grausige Heulen, das einem die Nackenhaare hätte aufstellen können, setzte dem ganzen noch die Krone auf. "Huiiiii, Huiiiiiiii, ich bin der Geist "Ichbinsoschaurig" und klappere markerschütternd mit den Knoooooooochen, die ich gar nicht haaaaaaaaaabe!! Hui, huiiiiii!" Ganz offensichtlich gab sich dieser Zeitgenosse die größte Mühe möglichst furchteinflößend zu wirken. Zaghaft drehte sich Fee in die Richtung aus der die gruseligen Geräusche kamen. Und was stand da?? Donnerwetter was war das?? Sie schaute noch einmal genauer hin. Ja, tatsächlich, es sah ihr ein schemenhaftes Wesen, immer noch heulend und drohend, mit einem finsteren Blick, der zu einer Fratze verzogen war, direkt in die Augen. Fee guckte sich ihren "Gast" genauer an und meinte lediglich: "Also wenn du schon mit mir spielen möchtest, dann darfst du keinen solchen Lärm machen. Die Erwachsenen schlafen nämlich schon!". Dabei hatte sie ihr Zeigefingerchen erhoben, um ihrer Aussage Nachdruck zu verleihen.

Ichbinsoschaurig war so überrascht und gleichzeitig entzückt von dem kleinen Mädchen, dass sofort alles unfreundliche aus ihm gewichen war und er sich den Bauch vor Lachen halten musste. Eine solche Reaktion hatte dieses gespenstische Wesen noch nie erlebt. Fee hatte sogar ihre kalten Füße vergessen und spielte mit Ichbinsoschaurig fast die halbe Nacht mit der Eisenbahn. Schließlich, als Fee ihre Augen vor Müdigkeit kaum mehr offen halten konnte, beschloss sie nun doch besser wieder ins Bett zu gehen. Das hielt auch ihr Geist für ein vernünftiges Vorhaben. Und weil alles so schön war, verabredete man sich gleich noch für einen neuen Spieltermin. Ichbinsoschaurig war sehr bewegt, als auch er den Dachboden genauso unbemerkt verließ wie er gekommen war.

Das Verhalten des kleinen Mädchens hatte Ichbinsoschaurig so nachhaltig beeindruckt, dass er sich dazu entschloss, ab heute und zwar für immer, ein liebenswerter Geist, der stets freundlich auf die Menschen zugeht, zu sein. Und als er dann wieder zu Hause war und seinen Geisterfreunden von dieser Begebenheit erzählte, entschlossen auch diese sich, mal den neuen Weg ihres Kumpanen zu versuchen.

So wurde aus Ichbinsoschaurig der Geist Binichsolieb!! Und zwar dauerhaft!! Und nach einer kurzen Phase des Ausprobierens, entschieden auch seine Gefährten sich für diesen neuen Weg. Deshalb gibt es seither eben nur noch die guten, artigen Geister!!".

Boa-constrickdaa war nun am Ende der Geschichte und auch am Ende ihrer Kräfte angelangt. Boa-conhäkelda aber war selig. So eine liebreizende Erzählung!!!
Besser hätte man einen Abend nicht ausklingen lassen können. Boa-conhäkelda umschlang ihre Freundin innig, bedankte sich noch einmal und machte sich zufrieden auf ihren Heimweg. Auch Boa-constrickdaa war glücklich. Erschöpft war sie schon, aber trotzdem richtig glücklich. So einen schönen Abend mit ihrer allerliebsten Freundin zu verbringen, was konnte sich eine Schlange mehr wünschen??

Am nächsten Morgen, Boa-constrickdaa war gerade dabei, sich ein ordentliches Frühstück zuzubereiten, klingelte das Telefon! Schnell legte sie den Schneebesen, mit dem sie eben ihr Rührei verquirlen wollte, zur Seite. Kaum hatte sie sich den Hörer ans Ohr gehalten, vernahm sie auch schon die fröhliche Stimme von Boa-conhäkelda. Ohne auch nur ein Wort Boa-constrickdaas abzuwarten, sprudelte es auch schon aus Boa-conhäkelda heraus. "Oh, allerliebste Freundin, ich wollte dir nur schnell erzählen, dass ich gestern wohlbehalten nach Hause gekommen bin". Davon war Boa-constrickdaa sowieso ausgegangen, weil sie nämlich am Abend zuvor weder Sturzgeräusche noch eventuelles Wehgeschrei gehört hatte. Boa-conhäkelda fuhr fort: "Außerdem wollte ich mich noch mit dir absprechen, wie es jetzt mit dem Wettbewerb hinsichtlich Trikotherstellung aussieht? Wie viele hast du denn schon gestrickt? Ich meine ja nur, nicht dass wir am Ende viel zu viel von den Teilen angefertigt haben. Das wäre doch dumm, oder??". Diese Nachfrage war durchaus berechtigt, denn nach ihrem letzten Wettbewerb, einem Halstuchstrick- beziehungsweise -häkelwettbewerb, konnten sich alle Waldbewohner stolze Eigentümer von mindestens drei Halstüchern nen-

118

nen. Und daß man es diesmal wieder versäumt hatte, einen Abgabetermin für den Wettkampf anzusetzen, war schon ein peinlicher Schlamassel!!

"Hm, irgendwie war das gewiss ein bisschen nachlässig von uns! Wieder haben wir kein Ende für unseren Wettbewerb festlegt. Was hältst du davon, wenn wir jetzt einfach noch schnell einen Abgabetermin vereinbaren. An diesem konkreten Datum, zu einer bestimmten Uhrzeit vergleichen wir unsere Werke, also die Anzahl und die Qualität der Produkte und ermitteln dann den Sieger", gab Boa-constrickdaa zur Antwort.

Natürlich war das die selbstverständliche Lösung des Problems und sicherlich kein intellektuelles Zauberwerk. Trotzdem war Boa-conhäkelda augenfällig beeindruckt und beinahe glückselig über den raschen Vorschlag ihrer Freundin und zischte deshalb inbrünstig: "Herrlich, ganz herrlich, du bist eine wirklich scharfsinnige Schlange!".

Schnell noch wurden ein paar Einzelheiten besprochen und natürlich das gute Wetter hervorgehoben, bis schließlich das Ende ihres Wettkampfes auf Sonntag in vierzehn Tagen pünktlich 12 Uhr mittags festgelegt wurde. High noon im Schlangenwald!! Damit war auch dieses "Problem" gelöst.

Mit einem kurzen "mach es gut liebste Freundin", welches Boa-conhäkelda in den Hörer ihres Telefons hauchte und Boa-constrickdaas Erwiderung "du auch meine Liebe, wir sehen uns", war das Telefonat beendet.

Nun konnte sich Boa-constrickdaa wieder ihrem ersehnten Rührei mit Speck widmen.

Der Stromausfall

Tatsächlich machten sich beide Schlangen noch am gleichen Tag, genauer gesagt schon unmittelbar nach dem Frühstück, erneut ans Werk. Es wurde wieder gestrickt und gehäkelt was das Zeug hielt. Strickmaschine und flotte Häkellotte waren beinahe Tag und Nacht im Einsatz. Nach ein paar Tagen, während derer es für den Betrachter so aussah, als hätten die beiden Kontrahenten ein Friedensabkommen geschlossen, kam es zum nächsten Vorkommnis. Diesmal handelte es sich um einen totalen Stromausfall, der die ganze Gegend betraf. Sicherlich war das für alle Waldbewohner eine sehr lästige Sache und sie wurden deshalb etwas ungehalten. Doch für Boa-constrickdaa bedeutete die fehlende Elektrizität eine Beinahe-Katastrophe. Sie brauchte den Strom doch dringend für ihre Strickmaschine! Das schlimmste daran war die Tatsache, dass sich Aal Alan, der zuständige Stromfachmann, gerade eine kleine Urlaubsreise in ein benachbartes Seegebiet gegönnt hatte. Also war keiner da, der sich mit oben genanntem Problem richtig auskannte und somit den Schaden hätte beheben können. Nachdem folglich keiner sagen konnte, was die Ursache für den Stromausfall war und wo der Fehler zu suchen wäre, kam Boa-constrickdaa nun doch sehr ins grübeln. Erst der Stromausfall, dann ist Aal Alan auch noch im Urlaub, war dies nicht ein merkwürdiger Zufall?? Aber Zufälle gibt es nicht. Konnte diese Begebenheit und ihr nicht stricken können eventuell etwas mit dem Wettbewerb zu tun haben? Wollte man sie "lahm legen"? Stück für Stück dämmerte es ihr. Alles erschien plötzlich logisch.
Konnte es vielleicht sein, dass jemand Boa-constrickdaa zum nichts tun verdonnern wollte? Wer hätte dafür wohl in Be-

tracht gezogen werden können? Ihr Verdacht fiel natürlich sofort auf eine ganz konkrete Person. „Kleines Biest, so ein kleines Biest", sagte Boa-constrickdaa zu sich selbst und meinte damit natürlich ihre Freundin Boa-conhäkelda. Doch Vorsicht, diese Schlussfolgerung war zwar logisch und auch sehr wahrscheinlich, aber nichtsdestotrotz, Beweise hatte Boa-constrickdaa noch keine. Sie wusste noch gar nicht bestimmt, ob Boa-conhäkelda ihre "Schwanzspitze" da im Spiel hatte. Also am besten noch mal alles gut durchdenken und Informationen einholen, beschloss Boa-constrickdaa.

Um wegen der mangelnden Stromversorgung für ihre elektrische Strickmaschine keine längere Pause einlegen zu müssen, ging sie auf die Suche nach ihren alt bewährten Stricknadeln. Leider und merkwürdigerweise gelang es ihr trotz intensiver Suche nicht, ihre Stricknadeln zu finden. Sie suchte alles ab. Stellte förmlich ihre ganze Höhle auf den Kopf. Sogar hinter den Regalen schaute sie nach. Vielleicht waren die Stricknadeln ja dahinter oder darunter gefallen. Doch während der gesamten Zeit des Stromausfalls, war nirgendwo auch nur eine einzige der Stricknadeln zu sehen. Jetzt nachdem auch das Arbeiten mit Stricknadeln nicht mehr als Alternative zur Strickmaschine in Frage kam, blieb nur noch die nicht gewollte Zwangspause.

Boa-constrickdaa platzte langsam wirklich der Kragen genauer gesagt, der Schal. "Nicht zu glauben, alle Stricknadeln sind verschwunden, obwohl ich doch wirklich viele davon hatte. Als hätten sie sich in Luft aufgelöst. Und eine Bestellung neuer Stricknadeln bei Avalon, wäre aus zeitlichen Gründen auch nicht mehr in Frage gekommen. ", zischte Boa-constrickdaa laut vor sich hin.

Als sie aus ihrer Höhle kroch, um nachzusehen, wie es den Nachbarn ging, fiel ihr die Richtigkeit ihrer Vermutung wie

Schuppen von den Augen. Alle Anwohner, wirklich alle, waren vom Stromausfall betroffen, nur einer nicht. Nur ein Einziger, präzise gesagt eine Einzige, hatte offensichtlich eine Ausweichmöglichkeit gefunden. Man muss kein Hellseher sein um zu wissen, um wen es sich da wohl wieder handeln konnte. Natürlich war es Boa-conhäkelda, die nicht beziehungsweise kaum betroffen war. Ihre "flotte Häkellotte" konnte nämlich auch mit einer extra angefertigten Batterie betrieben werden. Deshalb konnte Boa-conhäkelda unbehelligt häkeln bis ihre "flotte Häkellotte" wegen Überbeanspruchung zu rauchen anfangen würde. Was den Stromausfall in ihrem restlichen Haushalt betraf, bereitete der ihr keine großen Kopfschmerzen, eher gar keine. Sie hatte nämlich auch hier vorgesorgt und sich für die ausgefallenen Geräte schon vorher Alternativen überlegt und diese besorgt.

Als sich später, wie durch Zauberhand, nicht nur die fehlenden Sicherungen, sondern auch die Ersatzsicherungen des örtlichen Stromversorgers plötzlich wieder eingefunden hatten, konnte der Stromausfall selbstverständlich sofort behoben werden und alles ging seinen normalen Lauf. Für Boa-constrickdaa, bei der sich erstaunlicherweise alle Stricknadeln, bis auf ein einziges Paar, wieder eingefunden hatten, bedeutete das, es musste jetzt pausenlos gestrickt werden und zwar solange bis die Strickmaschine ihr eindeutiges "Veto" einlegen würde. Womit nicht so schnell gerechnet werden musste, weil es sich wie erwähnt, bei dieser Strickmaschine um ein äußerst zuverlässiges Gerät handelte. Und mit Sicherheit würde Boa-constrickdaa sich eine unabhängige Stromversorgung, also einen eigenen neuen Generator, zulegen. Stromausfall, so etwas würde ihr nie mehr Schwierigkeiten bereiten.

Trotz all der Geschäftigkeit und der beschriebenen "Klein-kämpfe auf Nebenschauplätzen" ließen es sich Boa-constrickdaa und Boa-conhäkelda nicht nehmen, ab und an ein Tässchen Tee miteinander zu trinken.

Richtig böse aufeinander war man ja nicht! Manchmal, vor allem wenn Maulipauli zu Besuch kam, wurde Milch serviert. Natürlich freute sich da vor allem Maulipauli, der Tee nicht sehr schätzte. Doch trotz der Freude über die Milch wurde Maulipauli seinem Namen mehr als gerecht. Er erinnerte Boa-constrickdaa nämlich regelmäßig und bei jeder sich bie-tenden Gelegenheit daran, dass ein bisschen Geschichten er-zählen ihrerseits immer sehr schön gewesen war. Vor allem aber daran, wie laaaaange das schon her gewesen war.

„Es ist schon merkwürdig, aber wir brauchen solches Spekta-kel einfach", überlegte Boa-conhäkelda. "Die Spannung, die unsere Wettkämpfe begleitet, finde ich eigentlich immer wie-der anregend und schlussendlich auch lustig. Aber meistens empfinde ich das erst nach einer gewissen Zeit so. Los ist hier bei uns immer was. Nie herrscht Langeweile. Trotz all diese Anstrengungen und Aufregungen haben Boa-constrickdaa und ich sehr, sehr viel Spaß. Und unsere Fantasie wird auch gefordert und gefördert. Das hält uns sicherlich lange jung im Kopf. Und bestimmt nicht nur dort", murmelte Boa-conhäkelda vor sich hin und sah dabei lauernd aus dem Fenster ihres Baumhauses.

Das Gewitter

Ein Unwetter zog auf. Der drohende Sturm hatte seine düsteren Vorboten zeitig voraus geschickt. Die finster aussehenden Wolken bedeckten den Himmel nahezu gänzlich. In der Ferne zuckten goldfarbene Blitze und hoben sich bizarr vom dunkel violett gefärbten Himmel ab. Donner klang durch den Wald. Die Tiere hatten sich schnell in ihre Behausungen verkrochen und selbst die Vögelchen schwiegen. Das alles fand Boa-conhäkelda wenig amüsant!! Großartig Lust ihre Häkelarbeiten fortzuführen hatte sie unter diesen Umständen nicht. Geradezu unwohl fühlte sie sich. Eigentlich spürte Boa-conhäkelda wie sich langsam, ganz langsam, Angst in ihrem Körper breit machte. Sicherlich, sie wusste, ein Gewitter ist eine natürliche Sache und wenn man sich richtig verhielt, musste man keine Angst davor haben. Außerdem war es nicht das erste Gewitter, das sie erlebte. Aber die Angst vor Gewittern war eben auch nicht das erste mal da. Gerade als sie noch etwas unschlüssig in Richtung Telefon kroch, um ihre Freundin anzurufen, klingelte der Apparat. Boa-constrickdaa war am anderen Ende der Leitung, meldete sich mit freundlicher Stimme und fragte Boa-conhäkelda, wie es ihr ginge. Boa-constrickdaa wusste natürlich, wie sehr sich Boa-conhäkelda vor Gewittern fürchtete und hatte sich deshalb dazu entschlossen, sie in ihre Höhle einzuladen.
Boa-conhäkelda kam diese Einladung mehr als gelegen. Sie sagte sofort zu, schnappte sich nur noch ihr Barett und einen gehäkelten Umhang, verließ ihr Haus, glitt diesmal sehr achtsam von ihrem Baum herunter und klopfte, kaum dass Boa-constrickdaa den Hörer zur Seite gelegt hatte, vehement an deren Haustüre. An irgendwelche Häkelarbeiten oder

Wettkämpfe, hatte sie die ganze Zeit über keinerlei Gedanken mehr „verschwendet". Boa-constrickdaa hingegen kamen nicht nur der Besuch ihrer Freundin, sondern auch das heftige Gewitter sehr gelegen. Natürlich war der Hauptgrund für die ausgesprochene Einladung sicherlich der Umstand, dass Boa-constrickdaa wusste, wie sehr diese ungestüme Furcht vor Unwettern ihre Freundin plagte. Deshalb wollte sie sie zu solchen Gelegenheiten nicht gerne alleine lassen. Es gab aber noch einen Nebeneffekt. Eigentlich einen kleinen Zusatznutzen. Boa-constrickdaa hatte diese Gewitterangst und die damit verbundenen Einladungen ja schon des öfteren mit ihrer Freundin erlebt. Die Hausherrin wusste deshalb genau was jetzt passieren würde. Und tatsächlich, das Erwartete geschah. Nachdem Boa-conhäkelda Barett und Schal abgelegt hatte, ließ sie sich erst einmal vor Boa-constrickdaas Kamin nieder. Eigentlich sollte man eher sagen, sie ließ sich vor dem Kamin niederplumpsen. Sie war jetzt schon ziemlich erschöpft und etwas fahrig. Trotzdem beruhigte sie sich langsam, denn die Gegenwart ihrer Freundin tat ihr sichtlich gut. Als ihr diese nun auch noch einen besonderen Jahrgang einer von allen Anwesenden geschätzten Himbeerlimonade anbot, sah die Welt schon wieder viel fröhlicher aus. Ausgeschlürft, eigentlich langsam genossen, war das Getränk ein wahrer Genuss, und zwar für beide Schlangen. Die besondere Wirkung aber trat wie erhofft nur bei einer ein. Boa-conhäkelda nämlich schlief, wie sonst auch immer nach dem Genuss dieses Getränks, friedlich ein. Boa-constrickdaa holte eine warme Decke für ihre Freundin, mummelte diese liebevoll darin ein und schlich leise aus dem Zimmer. Jetzt war erstmal Ruhe für den kommenden halben Tag. Natürlich muss noch erwähnt werden, dass niemand einen anderen einfach mit Getränken abfüllen darf, um den eigenen Willen in die Tat umsetzen zu können. Das ist wirklich sehr wichtig!! In diesem besonderen Fall war es nur so, dass Boa-constrickdaa zwar die durch ihre Freundin verlorene Zeit wieder hereinarbeiten wollte, trotzdem vorrangig darauf bedacht war, Boa-conhäkelda in einen erholsamen Schlaf zu versetzen, ihr aber nie Schaden zuzufügen!!

In ihrem Arbeitszimmer angekommen, griff Boa-constrickdaa blitzschnell nach einer dicken Decke, warf diese gezielt über ihre Strickmaschine und legte los. Da die Decke die Lautstärke der Strickmaschine erheblich verringerte, konnte Boa-constrickdaa stricken als ob es um ihr Leben ginge, ohne dabei die im Nebenzimmer Schlafende bei ihrem Nickerchen zu stören. Dieses Tun wirkte sich natürlich wieder spürbar auf den Wettkampf der beiden aus.

Als Boa-conhäkelda nach einem längeren Schläfchen langsam ihre Augen öffnete, sich streckte und räkelte, fiel ihr sofort die Stille in der Höhle auf. Nur das Kaminfeuer knisterte noch leise. Das Gewitter war vorbei und ihre Freundin lag, mit geschlossenen Augen, in ihrem Schaukelstuhl und schlief.

Doch nachdem Boa-conhäkeldas Blick zufällig durch die etwas offen stehende Arbeitszimmertüre fiel und sie dabei erkannte, um welche Mengen die dort liegenden Trikots größer geworden waren, staunte sie nicht schlecht. Nach kurzem überlegen war alles klar. Boa-conhäkelda hatte keine Ahnung wie ihre Reaktion nun aussehen sollte. Sollte sie sich über sich selber und ihre Gewitterangst ärgern? Übrigens, letztere musste sie dringend loswerden. Oder sollte sie sich über ihre Freundin ärgern, die offensichtlich ihre Chance genutzt hatte?

„Nein, beides ist blöde", sagte sie zu sich selbst. Nach weiteren Minuten des Überlegens entschloss sich Boa-conhäkelda dazu, sich einfach darüber zu freuen, eine Freundin haben zu dürfen, die immer für sie da war. Selbst bei großer Gewitterangst.

Außerdem kam sie nicht umhin, sich einzugestehen wie schlau sich diese List, die genauer betrachtet nicht nur eine List war, erwies. Wieder einmal hatte ihre beste Freundin gezeigt, welch findige Gedanken von diesem hellen Köpfchen entwickelt werden konnten. Das Gute mit dem Nützlichen verbinden. Dies waren Boa-conhäkeldas Gedanken, als sie sich schließlich auf den Weg machte, ihrer Freundin beim Verlassen der Höhle einen liebevollen Kuss auf deren Wange drückte und ihr ein leises "Danke meine Liebe"-Zischen ins Ohr flüsterte. Kurz darauf war Boa-conhäkelda schon wieder dabei ihre Strickleiter hinauf zu ihrem Bauhaus zu klettern.

Angesprochen wurde dieser Vorfall von keinem der Beteiligten. Obwohl beide Schlangen mit ihren Arbeiten, trotz der erwähnten Vorfälle gut vorangekommen waren, stieg die Nervosität der zwei beträchtlich, als sich nun das Ende des Handarbeitsturniers näherte. Nach den Turbulenzen der vergangenen Wochen war das Bedürfnis nach Abwechslung und Spannung bei beiden Freundinnen gelinde ausgedrückt, ziemlich befriedigt. Eher schon kaum mehr vorhanden. Etwas Ruhe, die hätten sie sicherlich in vollen Zügen genossen. Wie auch immer, lange dauerte der Wettkampf sowieso nicht mehr. Also wurden noch einmal alle Kräfte für den Endspurt des Wettbewerbes "zusammengesammelt" und die letzte Runde begann mit unvermindertem Eifer.

Boa-conhäkelda: Schaurige Spukgeschichten-Erzählerin oder umwerfendes Schlangenmodel?

Ohne Vorankündigung, an einem dieser ganz "normalen" Tage, war auf einmal ein lauter, ohrenbetäubender Schrei zu hören. Vielleicht sollte man eher sagen, ein markdurchdringendes Zischen, inklusive nicht zu verstehender Wortfetzen schwirrten durch den Wald. Das Geräusch kam eindeutig aus Boa-conhäkeldas Baumhaus.

„Nein, nein, was ist das denn nun wieder?", war gerade noch, nachdem das Zischen geendet hatte, zu verstehen.

Konfusius-Bonifazius von Springstetten, der amtierende Briefträger, hatte Boa-conhäkelda soeben erneut einen wichtig aussehenden Brief überreicht. Und die vernommenen Geräusche und Wörter waren die Reaktion Boa-conhäkeldas auf diesen Brief. Das smarte Grinsen des Breitmaulfrosches welches sich über sein ganzes Gesicht, von einem Ohr bis zum anderen Ohr zog, hätte erwartungsfroher nicht sein können. Er witterte SEINE Chance. Heimlich, ganz heimlich nämlich, hatte sich Konfusius-Bonifazius von Springstetten Boa-conhäkelda als Partnerin für seine Gruselgeschichten-Erzähl-Gruselshow auserkoren. Und in dem Augenblick des stimmgewaltigen Zischens Boa-conhäkeldas, war sich der Breitmaulfrosch nun absolut sicher, dass es nur eine Person für die Rolle der Gruselgeschichten-Erzählerin geben konnte. Nur diese eine Person, genauer gesagt deren Stimme, hatte das gewisse ETWAS. Eine Stimme deren Musikalität nur mit dem Begriff „Kunst" beschrieben werden konnte. Die unbeschreibliche Eleganz dieser Stimme wurde nur noch von ihrer Nachdrücklichkeit, wie eben bewiesen, übertroffen.

128

„Also wenn mir Boa-constrickdaa jetzt schon wieder mit einer List kommt, um mich von meinen Arbeiten abzuhalten, sollte sie sich doch wenigstens was neues einfallen lassen. Ach mein lieber Hr. Konfusius-Bonifazius von Springstetten, die Einfälle meiner Freundin bereiten ihnen in letzter Zeit schon sehr viel unnötige Arbeit. Ihre heutige Idee ist ja gar nicht neu. Wo soll denn da die Spannung herkommen, die ich sonst immer so genießen kann?", wandte sich Boa-conhäkelda an ihren Briefträger. Etwas unwohl fühlte sich Boa-conhäkelda schon in der Rolle der "Beschwerdeführerin". Denn wenn sie sich schon über die Einfallslosigkeit ihrer Freundin ärgerte, dann sollte sie das doch mit ihr und nicht mit dem Briefträger besprechen.

„Ach, Frau Boa-conhäkelda, regen sie sich doch bitte nicht so auf. Kennen sie den Absender des Briefes denn überhaupt?". Boa-conhäkelda hatte den Brief noch nicht geöffnet, also fuhr der Breitmaulfrosch fort. „Meine Liebe, so beruhigen Sie sich doch bitte wieder. Das Schreiben können Sie doch später noch öffnen. In Ruhe! Vielleicht hat der Absender nichts mit einer List von Frau Boa-constrickdaa zu tun. Außerdem wollte ich sowieso noch etwas mit Ihnen besprechen. Was halten Sie von einer Tasse ihres vorzüglichen „Das Beste aus allem machen–Tees" für uns beide?", Herr von Springstetten grinste noch breiter als sonst, was eigentlich kaum möglich war und trotzdem gerade passierte. Der eben erwähnte Tee war ein besonderer Tee, den Konfusius-Bonifazius von Springstetten schon des öfteren zu besonderen Anlässen von Boa-conhäkelda angeboten bekommen hatte. Es handelte sich um ein Getränk ganz besonderer Art. Dieser Tee bestand nämlich zum Großteil aus Blättern geheimer Herkunft, die aufgegossen, mit einem klitzekleinen Schuss Heidelbeersirup und einem noch kleineren Schuss Lindenrindensirup verfeinert wurden. Das I-Tüpfelchen dieser Kreation bestand aus einem Sahnetupfer, der zum Schluss sanft und mit Liebe auf die heiße Erquickung zelebriert wurde. Alles ganz nach dem Geschmack des Briefträgers. „Böse Münder" hätten diesen Tee wahrscheinlich als Grund für das häufige Erscheinen des Briefträgers bei Boa-conhäkelda angeführt. Aber eben nur diese! Die vertrauensseligen Geister des Waldes hatten es nie als merkwürdig empfunden, wenn der Briefträger, auch ohne Briefe oder Pakete, Gast bei Boa-conhäkelda war.

Als die beiden nun so gemütlich zusammen saßen, fasste Herr von Springstetten Mut und trug der Schlange, mit seinem treusten Blick und einem unwiderstehlichen Augenaufschlag, sein Anliegen vor. Er begann von seiner Gruselgeschichten-Erzähl-Show zu erzählen. Dabei malte er die Tätigkeit der Sprecherin in seiner Show in den buntesten Farben aus, wobei er versuchte seine eigene Euphorie wenigstens so weit im Zaum zu halten, dass er es verhindern konnte, seinem bis zum bersten klopfenden Herzen eine Ohnmacht folgen zu lassen. Abschließend versuchte er noch, mit einem möglicherweise folgenden Engagement im Ausland, sprich Hollyholz, zu locken. Jetzt am Ende seines engagiert flammenden Redeschwalls sah er Boa-conhäkelda erwartungsvoll in die Augen. Er platzte beinahe vor Aufregung. Wie würde sich Boa-conhäkelda entscheiden?? Auf jeden Fall hatte er jetzt eine weitere Tasse Tee dringend nötig. Er bat darum, bekam diese natürlich sofort eingegossen und hatte so die Möglichkeit sich seinen Hoffnungen noch für ein paar Sekunden hinzugeben.

Boa-conhäkelda fühlte sich zwar sehr geehrt, aber ob das Angebot auch wirklich ernst gemeint war, konnte sie momentan nicht richtig einschätzen. Deshalb brach sie das Gespräch an dieser Stelle freundlich ab, vertröstete den nun beinahe untröstlichen Frosch auf einen späteren Termin und schob ihren Briefträger mit einem gehauchten: „Wir werden sehen, mein

Verehrtester, wir werden sehen. Lassen sie mir bitte ein paar Tage Bedenkzeit.", sanft zur Türe hinaus.

Boa-conhäkelda war sich unsicher. Sollte Herr von Springstetten im Auftrag von Boa-constrickdaa unterwegs gewesen sein? Möglich wäre das doch gewesen. Aber bei genauer Betrachtung erwies sich der Breitmaulfrosch doch immer als ein ehrlicher Kamerad. Sie wusste einfach nicht recht was sie denken oder gar machen sollte. Da war das Angebot des Briefträgers und der Brief war ja auch noch da. Hatte Boa-constrickdaa bei einem oder vielleicht bei beiden Dingen ihre Schwanzspitze im Spiel? „Also dann schaue ich mir jetzt meinen Brief an", meinte Boa-conhäkelda zu sich selbst und öffnete das Schreiben inzwischen schon etwas ungeduldig. Neugierig schaute sie auf das Blatt Papier, welches sie zuerst sachte aus dem Briefumschlag gezogen hatte und begann zu lesen. Beziehungsweise wollte zu lesen beginnen, musste aber wieder einmal feststellen, dass sich ihre Brille nicht auf ihrer Nase befand. Deshalb war etliches um sie herum auch ein wenig undeutlich gewesen. Und es wurde jetzt auch erklärbar, weswegen sie dem Herrn Briefträger ein bisschen von seinem heiß geliebten Tee über das Bein gegossen hatte. Als Gentlefrosch, der Herr von Springstetten nun einmal einer war, hatte dieser zwar versucht, sich nichts anmerken zu lassen, aber sein schmerzverzerrtes Gesicht hatte Boa-conhäkelda eigentlich gleich schon zu denken gegeben.

Na ja, lange suchen musste sie nicht. Die Brille befand sich nämlich auf ihrem Kopf und war deshalb relativ schnell gefunden. Und "schon" ging es los. Folgendes war zu lesen:

Optimal-Optik Institut für Gutes Sehen und Aussehen   Tel. 123456
Guter Blick Straße 123456
33333 Scharfsichthausen

Frau Boa-conhäkelda
Baumhaus mit Schlangeneigentümerin
(Zauber-)Wald

Stellenangebot als freie Mitarbeiterin für unser Fotostudio

Sehr geehrte Frau Boa-conhäkelda,

wir freuen uns außerordentlich, Sie als neue Kundin bei uns willkommen heißen zu
dürfen. Wie uns zu Ohren gekommen ist, sind Sie Käuferin unseres Brillenmodells
„Wie schön ich doch bin!"
Als Sie Ihre neue Brille zum ersten Mal aufgesetzt haben, schoss Ihnen dieser
Gedanke sicherlich sofort durch den Kopf.
Gleiches galt für uns, als wir Ihr entzückendes Foto in unserer Kundenkartei
gesehen haben!
Wir waren, bzw. sind, von Ihrem Aussehen, welches die Perfektion und Schönheit
unseres Brillenmodells vollends zur Geltung bringt, begeistert.
Wir sind uns sicher in Ihrem Antlitz die optimale Trägerin für unser neues Brillen-
modell aus der Reihe „Die moderne Schlange von heute" gefunden zu haben.
Deshalb würden wir uns sehr freuen, wenn wir Sie bald zu unserem Team zählen
dürften. Bei Interesse Ihrerseits, ersuchen wir Sie hiermit höflichst, sich schnellstmöglich mit uns unter der angegebenen Adresse bzw. Telefonnummer in Verbindung zu setzen.
Wir freuen uns auf Sie!!

Es grüßt Sie sehr herzlich
Dr. Dr. Opt. Emil Haargenau, Optimal-Optik Institut für Gutes Sehen und Aussehen

Nachdem Boa-conhäkelda den Brief zweimal äußerst genau durchgelesen hatte und ihre Gedanken einigermaßen geordnet waren, sagte zu sich selbst: „Na ja, man soll ja nicht vorschnell urteilen! Ein Verdacht alleine ist auch noch kein Beweis". Schnell legte sie den Brief zur Seite, kroch zum Telefon, nahm den Hörer ab und wählte die angegebene Nummer. „Ich und ein Brillenmodell, ha, ha. Ich setze meine Brille sowieso nur auf, wenn es unbedingt sein muss. Trotzdem ich mir sicher bin, die schönste Brille ausgesucht zu haben, hat das noch lange nicht zur Folge, dass ich umwerfend schön damit ausse- he. Wobei, es liegt doch alles im Auge des Betrachters. Manch einem gefällt sogar ein Uhu mit Brille", meinte sie zu sich selbst und wählte weiter.

Sie war eigentlich kaum überrascht, als am anderen Ende der Leitung eine sehr freundliche Stimme, mit der Aussage „Wir bedauern sehr, aber momentan ist der gewünschte Teilnehmer leider nicht erreichbar. Versuchen Sie es bitte zu einem späte- ren Zeitpunkt nochmals. Wir wünschen Ihnen einen schönen Tag.", zu hören war.

„Jetzt reicht es mir aber wirklich. Immer die gleiche Masche!! Hält mich Boa-constrickdaa eigentlich für total dümmlich? Oder lässt ihre Fantasie doch schon so bedenklich zu wün- schen übrig?", Fragen über Fragen, schossen Boa-conhäkelda förmlich durch den Kopf, während sie sich wie immer wenn sie ausging erst ihr Barett angelte, sich daraufhin einen Schal schnappte und mit viel Radau ihr Haus verließ. Der Lärm entstand auch heute wieder, weil sie beim Verlassen ihres Hauses erneut vergessen hatte, genauer gesagt, vergessen wollte, ihre Brille aufzusetzen. Die Folge davon war, wie so oft, das Verfehlen der Strickleiter, mit dem damit einherge- henden, lautstarken Getöse.

Man kann sich denken, wem Boa-conhäkelda einen Besuch abstatten wollte. Auf dem kurzen Weg zu Boa-constrickdaas Höhle brodelte es gewaltig in Boa-conhäkeldas Bauch. Komisch, so ärgerlich hatte sie schon lange nicht mehr reagiert. Aber wie konnte ihre Freundin nur davon ausgehen, eine Schlange von Boa-conhäkeldas Format würde gleich zweimal in die gleiche Falle tappen. Schier unverständlich!

„Klopf, Klopf", machte es an Boa-constrickdaas Tür. Und noch einmal: „Klopf, Klopf, nun mach doch bitte endlich diese Türe auf!", grollte Boa-conhäkelda jetzt unwirsch während sie an die Türe der Freundin schlug.

Leise, ganz leise, Geräusche waren zu hören, die erst verstummten als Boa-constrickdaa die Türe erreicht und geöffnet hatte. Überrascht, ihre Freundin zu sehen, begrüßte sie diese mit einem herzlichen „Hallo, schön dich zu sehen. Komm doch bitte herein meine Liebe."

Erst blieb Boa-conhäkelda der Mund vor Erstaunen offen stehen. „So eine kleine Schurkin! Gibt sich als echtes Unschuldslamm und spielt mir die Rolle der Nichtsahnenden vor", waren Boa-conhäkeldas Gedanken als sie eintrat. Doch gleich als sie das Wohnzimmer erreicht hatten, stellte Boa-conhäkelda ihre Freundin zur Rede und zeigte ihr den Brief.

„Ja, ja, wirklich sehr schön, aber was habe ich denn damit zu tun?", fragte Boa-constrickdaa erstaunt. Und fuhr gleich darauf fort: „Weshalb bist du deshalb auf mich böse? Ich habe weder dein Foto an dieses Institut geschickt, noch habe ich sonst etwas in dieser Richtung unternommen.", meinte Boa-constrickdaa und war sich dabei, deutlich erkennbar, keiner Schuld bewusst.

Boa-conhäkelda starrte ihre Freundin ungläubig mit großen aufgerissenen Augen an. Nach kurzer Zeit fuhr sie jetzt etwas verunsichert fort: „Aber es ist doch genau die gleiche Masche wie beim letzten mal, als du mich wegen meinem Baum aus dem Haus gelockt hast. Außerdem war ich diesmal so klug, vorher unter der angegebenen Telefonnummer anzurufen. Stell dir vor, "seltsamerweise" war nur ein Anrufbeantworter zu hören, der mich auf später vertröstete, weil momentan kein persönlicher Ansprechpartner erreichbar wäre. Findest du das nicht auch sehr, sehr merkwürdig? Du musst schon zugeben, dies alles sieht sehr nach deiner Handschrift aus!"

„Zugegebenermaßen muss ich dir da Recht geben" entgegnete Boa-constrickdaa unbeirrt, um gleich darauf weiter auszuführen: „Gewisse Ähnlichkeiten mit der kleinen List, die ich in Sachen „Baum-Auszeichnung" angewandt habe, scheinen offenkundig zu sein. Doch ich kann dir nur ausdrücklich versichern meine Liebe, dass ich diesmal meine Finger nicht im Spiel habe. Komm' lass' uns die Telefonnummer einfach noch mal anrufen. Vielleicht ist die Leitung jetzt wieder in Ordnung und wir können die Sache gleich klären". Das Telefon wurde von Boa-constrickdaa geholt, die Telefonnummer wurde von Boa-conhäkelda gewählt und zur Überraschung letzterer war nun am anderen Ende der Leitung die gleiche nette Telefonstimme zu hören. Es handelte sich zwar, wie deutlich erkennbar war, um die Stimme, die Boa-conhäkelda bereits als Bandaufnahme gehört hatte, nur diesmal war ganz offensichtlich eine Person in Natura am Apparat. Boa-conhäkelda nannte ihren Namen und ihr Anliegen und war überaus verblüfft als sie bemerkte, dass die Dame am anderen Ende der Leitung bereits informiert war und deshalb zur Antwort gab: „Aber natürlich, liebe Frau Boa-conhäkelda, mein Chef, Herr Dr. Dr. Haargenau hat mich bereits unterrichtet. Er möchte Sie unter allen Umständen persönlich kennenlernen, um mit Ihnen zu besprechen, ob Sie sich eine Tätigkeit in unserem Unternehmen vorstellen können? Ich kann Ihnen aber vorweg schon versichern, wir sind ein seriöses Unternehmen und wir legen besonderen Wert auf die Zufriedenheit unserer Angestellten. Letzteres wird unter anderem deutlich erkennbar an der respektablen Entlohnung. Falls Sie sich einen persönlichen Eindruck machen möchten, sind wir natürlich gerne für sie da. Eine Terminvereinbarung ist aber vonnöten, da unser Fotograf, Herr Ihmentgehtnichts, oft Termine außer Haus wahrnimmt. Er ist zwar ein sehr beschäftigter Mitarbeiter, würde aber trotzdem gerne sobald als möglich ihr überaus fotogenes Gesicht betrachten wollen".

„Wummm". Erst war ein lauter Krach zu hören, dann ein leiserer. Boa-constrickdaa hob gelassen erst den nun auf der Erde liegenden Telefonhörer auf und versicherte gleich darauf der Dame am anderen Ende der Leitung, dass nichts ernsthaftes passiert wäre. Es hätte nur einen kleinen Zwischenfall gegeben. Frau Boa-conhäkelda wäre plötzlich etwas unpässlich geworden. Doch sobald es ihr wieder besser ginge, würde sie sich natürlich umgehend melden. Mit einer freundlichen Verabschiedung beendete Boa-constrickdaa das Gespräch, legte erst den Telefonhörer auf um gleich danach ihrer vor Freude in Ohnmacht gefallenen Freundin wieder auf die „Beine" zu helfen.

„Oh, wie konnte ich dir nur so sehr Unrecht tun, meine Liebe?", stammelte Boa-conhäkelda nach einigen Minuten der Ohnmacht, nun wieder erwacht, aber immer noch nicht ganz klar im Kopf. So vieles war passiert. „Bitte, bitte, sei mir nicht böse wegen des Verdachtes, den ich gegen dich gehegt habe. Ich weiß und ich wusste es auch immer, du bist meine beste Freundin, meine allerbeste und du meinst es immer nur gut mit mir. Und für dumm halten würdest du mich auch nie!", stotterte Boa-conhäkelda weiter und blinzelte ihre Freundin dabei etwas beschämt, aber doch erwartungsfroh an. „Nun hör schon auf und ärgere dich nicht weiter über dich selbst. Manchmal schießen wir eben beide etwas über das Ziel hinaus.", gab Boa-constrickdaa zur Antwort. Um gleich darauf fortzufahren: „Sag mal, wofür entscheidest du dich denn jetzt? Möchtest du lieber als Partnerin von Herrn Konfusius-Bonifazius von Springstetten in seiner Gruselgeschichten-Erzähl-Show beschäftigt sein? Oder sagt dir die Anstellung als Brillenmodel bei Dr. Dr. Opt. Emil Haargenau doch mehr zu?"

Boa-conhäkelda, inzwischen wieder ganz die alte und „schüchtern" wie immer: „Wieso das eine oder das andere? Wenn mir die Details der Angebote passen, sie zeitlich miteinander vereinbar sind und mir trotzdem noch genügend Freizeit bleibt für mich und meine lieben Freunde?", jetzt blinzelte sie Boa-constrickdaa schelmisch an, „Ja dann, kann ich mir beides gut vorstellen. Nur eines wäre vielleicht noch zu überlegen. Also wenn ich mich als Brillenmodel betätige und eine Brille trage, könnte ich dann vielleicht unter den Verdacht eine Brillenschlange zu sein geraten? Und hätte dies dann unter Umständen zur Folge, dass ich mein Dasein als verkannte "Königsboa" aufgeben müsste?"

Boa-constrickdaa lächelte vielsagend, als sie ihrer Freundin jetzt liebevoll über den Kopf streichelte und dabei meinte: "Manchmal bist du wirklich ein kleines Dummerchen. Es ist doch total schnurz piepe und egal, ob du als Königsboa oder als Brillenschlange unterwegs bist. Du bist und bleibst immer meine allerliebste Freundin Boa-conhäkelda!!!! Einen Vorteil sehe ich aber durchaus bei der Beschäftigung als Brillen-Schlangen-Model. Du würdest dann vielleicht auch privat eine Brille tragen und nicht nur zu Fotozwecken. Dann könntest du endlich wieder dauerhaft richtig gut sehen. Es ist doch viel besser eine hübsche Brillenschlange zu sein, die sehen kann, als eine hübsche Königsboa, die ständig über alles und jedes fällt". Damit war dieses Thema vorerst beendet.

Aber nicht nur dieses. Auch der Strick-/Häkelwettbewerb ging schnurstracks seinem Ende entgegen. Besagter Sonntag rückte immer näher. Langsam war es an der Zeit, die Werke beider Schlangendamen abermals etwas in den Mittelpunkt zu rücken. Die Spannung, wie viele Trikots von wem hergestellt werden konnten und wie die Sachen aussahen, konnte von keinem mehr lange ertragen werden. Einen Tag vor der öffentlichen Trikotzählung und Trikotbewertung kam es erstaunlicherweise zu einem erneuten, unvorhergesehenen Zwischenfall.

Boa-constrickdaa, ein Traum wird wahr

Boa-constrickdaa und Boa-conhäkelda gingen ohne darüber gesprochen zu haben davon aus, dass die jeweils andere bereits mit dem stricken beziehungsweise häkeln fertig gewesen sein musste. Daher war etwas Ruhe in das Leben der beiden Schlangen-Damen eingezogen.

Doch nun plötzlich, einen Tag vor der lang ersehnten Trikotbewertung, sah alles wieder ganz anders aus. Ein lautes, ungeduldiges Poltern und Klopfen an Boa-constrickdaas Haustüre, riss die Hausherrin förmlich aus ihren Gedanken. Vor Schreck fiel ihr beinahe die Teetasse, die sich gerade in der Schwanzspitze der Schlange befand, aus eben dieser. Das hätte eine „heiße Sache" werden können, schoss es Boa-constrickdaa durch den Kopf.

„Wer kann das jetzt noch sein, es ist doch schon dunkel draußen?", murmelte sie leise vor sich hin. Von einer List ihrer Freundin ging sie nicht aus, da die Arbeiten für den Wettbewerb, wie erwähnt, eigentlich abgeschlossen waren. Als sich Boa-constrickdaa von ihrer Überraschung erholt hatte und leise zur Türe geschlichen war, kam dort, nach dem öffnen der Türe Hr. Konfusius-Bonifazius von Springstetten zum Vorschein.

„Hallo, verehrte Dame! Bitte entschuldigen sie die späte Störung, aber ich habe diesen Eilbrief hier für Sie. Und da es ja doch ein Eilbrief ist und dieser somit nicht warten kann, habe ich mich auch gleich auf die Beine gemacht, mich sozusagen beeilt, um ihnen diese offensichtlich wichtige Nachricht sofort aushändigen zu können". Der Postbote gab sich den Anschein, als wären ihm die späte Auslieferung und die damit verbundene Störung seines Gegenübers, recht unangenehm. Tatsächlich aber entsprach diese Annahme der Wirklichkeit überhaupt nicht. Denn insgeheim hoffte Hr. Konfusius-Bonifazius von Springstetten nämlich sehr, als Anerkennung für seine späte und „immense" Mühe, ungeachtet der Tatsache, dass er nur seinen Beruf ausgeübt hatte, ein Glas des von ihm so heiß begehrten Tees zu bekommen. Dieses Getränk, bestehend aus Blättern geheimer Herkunft, mit einem klitzekleinen Schuss Heidelbeersirup und einem noch kleineren Schuss Lindenrindensirup verfeinert, konnte nur von Boa-constrickdaa und Boa-conhäkelda auf geheimnisvolle Art so aufgebrüht werden, dass es sich schließlich zu einer phantastischen Komposition von Tee, einem wahren Gedicht, entwickeln konnte!

Boa-constrickdaa hatte ihren Briefträger natürlich längstens durchschaut. Schon seit geraumer Zeit war ihr die Vorliebe ihres Postboten bekannt. Deshalb schlich sie langsam in Richtung Küche, drehte sich dabei kurz um und fragte Herrn Konfusius Bonifazius von Springstetten, so ganz nebenbei und mit einem vorgetäuscht nichts ahnenden Blick, ob er denn möglicherweise gerne ein Tässchen Tee trinken würde. Freudestrahlend, insgeheim innig erleichtert und heftig nickend, nahm der Breitmaulfrosch Boa-constrickdaas Angebot, ohne zu zögern, dankend an.

"Jetzt setzen sie sich doch bitte schon mal. Der beste Tee schmeckt doch nur halb so gut, wenn er im stehen getrunken wird", zischte Boa-constrickdaa liebenswürdig und verschwand in der Küche. Lange dauerte es nicht, bis sie inklusive Tee, wieder zurück im Wohnzimmer war und neben ihrem Gast Platz nahm. "Ich will jetzt gleich mal nachsehen, wer es denn da so eilig hatte und vor allem, worum es in diesem Brief denn überhaupt geht?"

Als Boa-constrickdaa den Brief gelesen und zur Seite gelegt hatte, während der Breitmaulfrosch immer noch mit dem

Schlürfen seines Tees beschäftigt war und außer diesem Schlürfen nur noch das Ticken der Wanduhr zu hören war, machte es plötzlich und ohne Vorwarnung „Wummmmm"!

Das breite Grinsen im Gesicht des Briefträgers, welches durch den Genuss des Tees noch breiter geworden war, verschwand urplötzlich gänzlich. Mit Sorgenfalten auf der Stirn hastete er zu Boa-constrickdaa. Er überlegte, wie am besten zu helfen wäre. Kurz, ganz kurz, dachte er daran, ob vielleicht eine Mund zu Mund Beatmung in Frage käme? Da schossen ihm plötzlich ein paar Gedanken durch den Kopf! Zum Beispiel, dass Schlangen Frösche mitunter zum fressen gerne haben. Und ob wohl eine Schlange, die gerade aus einer Ohnmacht erwacht war, noch unterscheiden konnte was Freund oder Feind, oder gar Futter war? Eigentlich waren Boa-constrickdaa und er ja fast Freunde. Trotzdem entschloss er sich sicherheitshalber für den Einsatz einer Zeitung, um der Ohnmächtigen damit Wind zuzufächeln. Erst als Boa-constrickdaa langsam aus ihrer Ohnmacht erwacht war, setzte der Helfer in der Not wieder sein typisches Breitmaulfroschgegrinse auf. Noch etwas benommen stammelte Boa-constrickdaa zaghaft vor sich hin: „Diesmal bin offensichtlich ich es, die die Fassung verloren hat". Mit diesen Worten reichte sie Herrn Konfusius Bonifazius von Springstetten den „Schreckauslöser", damit er diesen lesen konnte.

„Ich gratuliere Ihnen ganz herzlich, verehrte Dame", meinte der Frosch nachdem er den Brief auf das genaueste Wort für Wort studiert hatte. Es sollte hier erwähnt werden, dass Herr Konfusius Bonifazius von Springstetten nicht nur Liebhaber der modernen Künste, sprich der von ihm geleiteten Hörspielaufnahmen, war. Nein, denn außer dieser Vorliebe, konnte er auf ein ansehnliches Wissen im Bereich der

Tier-Philosophie zurückgreifen. Deshalb konnte er einschätzen, um welchen Wert es sich in diesem Brief handelte.

Das Dschungulanische Konsulat hatte Fr. Boa-constrickdaa davon in Kenntnis gesetzt, dass sie nunmehr Eigentümerin eines Teils der höchst seltenen Ausgabe der „Philosophischen Werke der Serpentonologie des 18. Jahrhunderts, mit dem Untertitel: Die Schlange an sich, ihre Wirkung und Einflüsse auf Natur und Menschen" wäre. Offensichtlich hatte sich Boa-constructeura maßgeblich an diesem Werk beteiligt und es war erst jetzt gelungen, die einzige noch lebende Erbin dieses Schatzes ausfindig zu machen. Ein unschätzbarer, nicht in Geld messbarer Wert, den Boa-constrickdaa nun ihr eigen nennen konnte. Diese Überraschung hatte Boa-constrickdaa, die neben ihrer Strickleidenschaft eine engagierte Verehrerin der Serpentologie-Philosophie war, förmlich umgehauen. Ein Traum, der nur in der hintersten Ecke dieser Schlangenseele, zwar unablässig, aber stets nur im geheimen geträumt worden war, war Wirklichkeit geworden.

Mit einem „Also dann, Frau Boa-constrickdaa, noch einmal herzliche Glückwünsche! Ich denke ich kann sie nun getrost ihre Freude überlassen!!" und einem lustigen Augenzwinkern, verabschiedete sich der Breitmaulfrosch fröhlich. Er freute sich sichtlich mit der Schlange über deren Glück. Mit ein paar vergnügten Hüpfern verschwand er im Wald und ließ Boa-constrickdaa, die ihr Glück noch immer kaum fassen konnte, selig lächelnd zurück.

Als am nächsten Tag die ersten Sonnenstrahlen vom Himmel herunter lachten war Boa-constrickdaa nicht mehr zu halten. Sie musste ihr großes Glück doch unbedingt mit Boa-conhäkelda teilen. Und zwar sofort, sonst würde sie vermutlich noch platzen. Schon soooooooo lange hatte sie die Neuigkeit für sich behalten. Ja, die ganze halbe Nacht hatte sie ihre Gefühle im Zaum halten müssen. Jetzt gab es kein halten mehr. Boa-constrickdaa stürmte also zum Telefon und rief Boa-conhäkelda an. Doch als diese sich meldete schoss Boa-constrickdaa ein Gedanke durch den Kopf. Wäre es nicht doch besser Boa-conhäkelda persönlich von den Geschehnissen letzter Nacht zu erzählen?

Boa-conhäkelda meldete sich erneut und riss Boa-constrickdaa damit aus ihren Gedanken. Letztere rief nun munter ins Telefon, "liebste Freundin, ich habe ungeheuer interessante Nachrichten bekommen. Ich möchte dir alles gerne persönlich erzählen. Was du dazu wohl sagen wirst? Was ich dir aber jetzt schon sagen kann ist, ich bin suuuuuuuuper glücklich!!! Wollen wir uns vielleicht in einer Stunde treffen? Oder doch besser in einer halben Stunde oder noch besser, hast du vielleicht gleich Zeit? Ich bin schon so gespannt, was du dazu sagen wirst."

Jetzt war nicht nur Boa-constrickdaa neugierig darauf was Boa-conhäkelda sagen würde, nein jetzt war es Boa-conhäkelda, die den Neuigkeiten ihrer Freundin entgegenfieberte. Schnell wurde vereinbart sich gleich vor Boa-constrickdaas Höhle zu treffen.

Selten so schnell, wie an diesem Tage stand, nein lag Boa-conhäkelda vor der Haustüre ihrer Freundin Boa-constrickdaa. Geduld war tatsächlich keine von Boa-conhäkeldas Charaktereigenschaften. Ungestüm klopfte sie an die Türe der Höhle. Es dauerte nur Sekunden und Boa-constrickdaa stand ausgehfertig vor Boa-conhäkelda.

"Halli, hallo meine Liebste, ich dachte mir, wir könnten das prächtige Wetter heute zu einem kleinen Spaziergang nutzen", begann Boa-constrickdaa unvermittelt das Gespräch. Und fuhr gleich daraufhin fort, "dann kann ich dir unterwegs auch von meinen großen Neuigkeiten berichten". Boa-conhäkelda stimmte eifrig zu, denn eilig hatte sie es allemal mit dem unterrichtet werden. Wie erwähnt, Geduld gehörte nicht zu einer ihrer herausstechenden Stärken. Kaum waren die beiden gemeinsam ein Stück durch den Wald gekrochen, da sprudelte es förmlich aus Boa-constrickdaa heraus. Schon jetzt sprang ihre Begeisterung auf Boa-conhäkelda über. Boa-constrickdaa berichtete so eifrig und trotzdem präzise, dass es ihr gelang, ihre Freundin in kürzester Zeit auf den neuesten Stand der Dinge zu bringen. Schließlich fielen sich beide Schlangen vor Freude um den Hals und es wurde seitens Boa-conhäkelda gratuliert, gratuliert und noch mal gratuliert! So viel Freude an einem Tag. Wobei, der Tag doch eben erst begonnen hatte. Ach, wie herrlich die Welt doch war!!

Boa-conmegamotza, Einblick in ihr Motzerdasein

Als die beiden, momentan bestens gelaunt, eigentlich schon euphorisch, bereits ein ganzes Stück Weg zurückgelegt hatten, hörten sie plötzlich ein leises Gemurmel. Na ja, wohl eher ein "Vor-Sich-Hin-Geschimpfe". Sehen konnten sie zwar noch nichts, nur eben dieses nervige Gezeter war zu hören.
"Oh, weh, hoffentlich sind das nicht wieder meine "Lieblings-nachbarn"'", schoss es Boa-constrickdaa urplötzlich durch den Kopf. Vor ihrem geistigen Auge waren blitzartig, natürlich ungewollt, Boa-conbesserwissera und dessen Freundin Boa-conangebera aufgetaucht. Aber nein, zum Glück, die beiden waren es dieses mal nicht, wie Boa-constrickdaa gleich feststellen würde. Es kam fast noch "besser"!!
Als Boa-constrickdaa und Boa-conhäkelda noch etwas näher in Richtung Geräusche gekrochen waren, wurde unvermittelt der Ursprung des Lamentierens sichtbar.
Denn da lag sie, die personifizierte Unzufriedenheit in Gestalt von Boa-conmegamotza höchstpersönlich, vor ihnen und schaute ihnen mit verkniffenem Gesicht griesgrämig entgegen. Eigentlich sah diese Schlange ganz normal aus, war aber trotzdem nicht leicht einzuordnen. Sie war nicht mehr ganz jung, aber auch nicht alt. War nicht sehr hübsch, aber auch nicht hässlich. War durchschnittlich lang und durchschnittlich schwer. Eigentlich hätte sie also eine ganz normale Schlange sein können. Und trotzdem, Freude empfand bei diesem Treffen allerhöchstens einer. Boa-constrickdaa und Boa-conhäkelda waren es sicherlich nicht! "Flucht, Rückzug, Entkommen", waren Begriffe, die den beiden durch ihre Köpfe rasten. Doch dafür war es leider zu spät, viel zu spät! Und dabei hatte der Tag so schön begonnen.

Inzwischen hatte auch Boa-conmegamotza die beiden Freundinnen bemerkt. Sofort nutzte sie diese Gelegenheit dazu, ihren sie ständig begleitenden Missmut mit den Neuankömmlingen zu teilen, besser gesagt versuchte, diesen bei ihnen abzuladen. Leider gibt es nicht nur in der Welt der Menschen, sondern auch in Boa-constrickdaas Lebensbereich, Persönlichkeiten die stets und fast ausschließlich damit beschäftigt sind, in allem und jedem nur das üble zu sehen. Unabhängig von einer realistischen Einschätzung ist das einzige Ziel dieser Charaktere, die eigene negative Sicht der Dinge, aller Dinge, kundzutun. So nach dem Motto, wenn man sich genügend Mühe gibt, findet man schon etwas worüber man meckern kann. Den aus dieser Lebenseinstellung entstandenen Jammer dann auf andere abzuwälzen, stellte dann die perfekte Vollendung einer solchen Vorgehensweise dar.

Und schon ging das anklagende Gezische los: "Na, ihr beiden, wieder mal gemeinsam und frohgelaunt hier im Wald unterwegs? Wie immer, ein Spaziergang im Freundeskreis. Bestimmt war euer kleiner Ausflug bisher schon sehr schön und ihr bräuchtet eigentlich gar nicht mehr weiter zu schleichen, um euch großartig amüsieren zu können. Ich meine nur, so zu zweit und wie immer zufrieden und vergnügt. Ihr als beste Freundinnen. Schon klar! Ich habe mich auch dazu entschlossen ein bisschen durch den Wald zu kriechen. Aber ich bin wie immer alleine, natürlich nur weil es sowieso keine sonstigen interessanten Waldbewohner hier gibt. Eigentlich hatte ich mich ja nur zu dem Spaziergang aufgemacht, um etwas frische Luft schnappen zu können. Aber von wegen frische Luft. Mir ist keine davon in die Nase gekommen. Hätte doch besser zu Hause bleiben sollen. Zu Hause sein ist zwar auch nicht immer großartig, bloß hier draußen ist ja alles noch viel doofer. Und dann dieser Wald! Hier gibt es auch nie etwas neues. Immer die gleichen Bäume und die gleichen Tiere, letztere meist noch vergnügt! Ach, die werden schon sehen was sie davon haben. Jetzt freuen sich auch noch alle über diesen Sonnenschein! Warum denn? Eigentlich würde es doch reichen, wenn die Sonne im Hochsommer scheinen würde, da hätte sie bestimmt genug zu tun. Aber nein, jetzt scheint sie. Im Sommer dann, wenn man es gerne hätte, scheint sie bestimmt wieder nicht. Da wird es dann regnen, regnen und noch mal regnen. Immer das gleiche Theater", zischte Boa-conmegamotza, erst zynisch, dann eher boshaft und schließlich richtig bissig vor sich hin und den anderen entgegen.

Erst als Boa-conmegamotza ihren Monolog beendet hatte und nun unzufrieden in die Runde schaute, bemerkte sie an der Reaktion ihrer Gegenüber, dass es ganz offensichtlich Lebewesen gab, die sich von ihrer Miesmacherei denkbar wenig beeinflussen ließen. Denn überraschenderweise hatte Boa-constrickdaa es ihrer Freundin Boa-conhäkelda gleichgetan und genau wie diese, ihr schönstes Lächeln aufgesetzt. Diese beiden Schlangen-Damen hatten nämlich keine Lust, sich grundlos den Tag verderben zu lassen.

Lächelnd an Boa-conmegamotza gewandt, meinte Boa-constrickdaa nur: "Ach, weißt du Boa-conmegamotza, ich denke, du müsstest deinem Namen nicht ständig alle Ehre erweisen. Vor allem nicht, wenn wir uns begegnen!" Das war eine klare Ansage, die jeder verstehen konnte. Natürlich hatte auch Boa-conmegamotza verstanden. Nur, ob sie daraus die richtigen Schlüsse für sich gezogen hatte, konnte zum aktuellen Zeitpunkt noch nicht festgestellt werden. Den Anschein hatte es nicht unbedingt, denn sie entfernte sich mit einem deutlich hörbaren vor sich hin murmeln, welches von einem genauso deutlich hörbaren, feindselig-zänkischen Zischen begleitet war. Wortfetzen wie ungerecht, überheblich, weltfremd und arrogant, wobei es sich hier noch um die freundlicheren Begriffe handelte, waren zu hören, bis sie schließlich im Dickicht des Waldes verschwand. Ein echter "kleiner" Stinkstiefel, badend in Selbstmitleid, hatte den Rückzug angetreten.

Boa-constrickdaa meinte nur noch kurz, "was für ein armes Wesen". Boa-conhäkelda bestätigte diese Aussage mit einem vielsagenden Kopfnicken.

Boa-constrickdaa, genauso wie Boa-conhäkelda hatten erkannt, dass Boa-conmegamotza zu den bedauernswerten Geschöpfen gehörte, die aus Sorge vor Enttäuschungen keinerlei Freude zulassen können.

Damit war die Sache erledigt und man machte sich auf den Nachhauseweg, um den Rest des Tages in Ruhe zu genießen.

Die Entscheidung

Endlich war er gekommen, der große Tag der Entscheidung, der Tag der Trikotbewertungen!

Sonntag, 12:00 Uhr mittags!! High noon im „Schlangenwald"!!

Als Schiedsrichter konnten sich die beiden Beteiligten schon am Anfang des Wettkampfes auf den weithin angesehenen und als gerecht bekannten, Herrn Salomon Iwoassoviel, seines Zeichens Schlauereule, einigen. Diese Eule war so schlau, dass dieser Umstand selbst die größten Denker des Waldes erschauern ließ. Herr Salomon Iwoassoviel Schlauereule konnte nicht nur einen genialen Verstand, sondern auch noch eine gewisse praktische Veranlagung sein eigen nennen. Ganz abgesehen davon, verlieh ihm alleine sein Aussehen, seine schneeweißen Federn und der weise Blick, Respekt und Hochachtung.

Wie erwähnt, jetzt war es also so weit. Boa-constrickdaa und Boa-conhäkelda hatten schon am frühen Morgen damit begonnen, ihre Arbeiten auf einem windgeschützten, mit Moos bedeckten Plätzchen, unter einer riesigen Eiche auszulegen. Wunderschön gestrickte, farbige Trikots, in den prächtigsten Farbtönen und verschiedensten Größen, waren hübsch nebeneinander aufgereiht ins weiche Moos gelegt worden. Daneben konnte man nicht minderschöne, gehäkelte Sportanzüge bewundern. Ebenfalls in den auserlesensten Farben und verschiedenen Größen. Viele Waldbewohner waren gekommen, um sich die Arbeiten der beiden Schlangen anzusehen. Selbstverständlich waren alle Tiere sehr dankbar für das Engagement der beiden Freundinnen. Insbesondere natürlich die sportbegeisterten Tierkinder, die den Tag der Eröffnung des Sportvereins vor Spannung kaum mehr erwarten konnten.

Oh, dieser arme Herr Salomon Iwoassoviel Schlauereule! Wie schon sein Name sagte, er wusste viel und war sehr schlau, aber trotzdem wie sollte er sich hier im Angesicht dieser Ergebnisse nur entscheiden?? Nicht zu beneiden!! Gar nicht zu beneiden!

Aber nicht umsonst hatte man sich eine Persönlichkeit wie die des Herrn Salomon Iwoassoviel Schlauereule als Schiedsrichter ausgesucht. Denn wie auch sonst immer, fällte er nach langer, genauer Betrachtung und Abwägung der Umstände, ein nahezu salomonisches Urteil!

Herr Salomon Iwoassoviel Schlauereule hatte sich also vor beiden Schlangen und deren Arbeiten aufgebaut und zu allererst einmal einer jeden von ihnen seine Hochachtung für ihre gelungenen Meisterstücke ausgesprochen. Es wurde von der Wahl des Materials, über das Design der Trikots, bis hin zur Verarbeitung, jedes kleine Detail angesprochen und bewertet. Da alle Arbeiten uneingeschränkt lobenswert waren, bestätigte Herr Salomon Iwoassoviel Schlauereule diesen Umstand mehr als ausdrücklich. Er war außerordentlich beeindruckt und regelrecht verzückt, in Anbetracht der erbaulichen Ergebnisse. Schlussendlich meinte er nur kurz: "Liebe Anwesende, ich bin nach gründlicher Überprüfung ihrer Werke und gewissenhaften Überlegungen zu dem eindeutigen Urteil gekommen, dass es diesmal wieder zwei erste Plätze geben muss. Jede der anwesenden Damen hat auf ihrem Gebiet ein optimales Ergebnis erzielt. Aber es muss jedem einleuchten, dass ein absoluter Vergleich überhaupt nicht stattfinden kann. Man kann doch auch Äpfel nicht mit Birnen vergleichen, so etwas geht nicht. Äpfel sind herrlich und Birnen sind genauso herrlich. Ein jedes Ding auf seine Art!! Eigentlich, ja eigentlich, ganz einfach!!

Mit einer abschließenden tiefen Verbeugung verabschiedete sich Herr Salomon Iwoassoviel Schlauereule, zwinkerte Boa-constrickdaa und Boa-conhäkelda noch ein mal verschmitzt zu und verschwand.

Tosender Applaus von allen Seiten stellte sich ein. Boa-constrickdaa und Boa-conhäkelda waren begeistert. Gleiches galt für die übrigen Waldbewohner, wie unschwer am euphorischen Beifall zu erkennen war.

Es blieben viele fröhliche Gäste und insbesondere zwei glücklich beschwingte Schlangen zurück, die sich gleich daran machten, sich zu überlegen, wie sie ihre Trikots schnellstmöglich unter den Waldbewohnern aufteilen könnten.

"Duuu, Boa-conhäkelda?", Boa-constrickdaa hatte sich gerade an ihre Freundin gewandt und sah diese mit fragendem Blick an. "Jetzt, wo wir unseren Wettbewerb abgeschlossen haben, drängt sich doch die Frage auf, wie wir sinnvoll mit der neu gewonnen Freizeit umgehen möchten. Wie also sollen unsere nächsten Tage und Wochen aussehen? Was hältst du davon, wenn wir uns wieder Geschichten erzählen? Ich könnte mit einer von Korbinian oder von Jo, dem Floh oder vielleicht sogar vom Schmetterling Nebelchen und der Libelle Schimmertau beginnen???? Interessant könnte es auch werden, wenn es um den Specht „Machniewasschlecht" ginge! Oder wäre dir eine Geschichte von Wotan der Wanze doch lieber?

Na und wenn wir uns erneut ein bisschen auf den Weg machen und die Gegend noch weiter erkunden, dann ergeben sich bestimmt wieder etliche neue Abenteuer. Wobei, aufregende Begebenheiten passieren meist doch zu Hause!

Ja und was ich gänzlich vergessen hatte, ich muss dir unbedingt noch die beiden kleinen Säckchen, die ich kürzlich in meiner Strickmaschine gefunden habe, zeigen!" Damit schloss

Boa-constrickdaa ihre Ausführungen vorerst und sah mit einem schelmischen Blick erwartungsvoll ins Gesichtchen ihres Gegenübers.

Mit vor Vorfreude leuchtenden Augen und einem heftigen Nicken zeigte Boa-conhäkelda geschwind was sie von dieser Idee hielt. Sagen konnte sie in diesem Augenblick überhaupt nichts, weil so viel Freude an einem Tag selbst für Boa-conhäkelda außergewöhnlich war.

DANKSAGUNG

Für die liebevolle Unterstützung und die professionelle Hilfe bei der Umsetzung meiner Ideen zu diesem Buch, danke ich meinem Ehemann Ludwig und meiner Schwester Angelika Katharina von ganzem Herzen.
Mein besonderer Dank gilt Frau Annika Bauer, Herstellung & Autorenservices, Team Buchdesign & Lektorat,
Books on Demand, die stets ein offenes Ohr für meine Fragen und Wünsche hatte.